大教授的科学课

告诉我，什么是进化论？

〔德〕古伦·梅思 〔德〕哈德·莱士 著 〔德〕卡娜·维尔 绘 刘晓 译

人民文学出版社
PEOPLE'S LITERATURE PUBLISHING HOUSE

著作权合同登记号　图字 01-2019-6887

图书在版编目(CIP)数据

告诉我,什么是进化论？/（德）古伦·梅思,（德）哈德·莱士著;（德）卡娜·维尔绘;刘晓译. —北京:人民文学出版社,2021
（大教授的科学课）
ISBN 978 - 7 - 02 - 015408 - 1

Ⅰ.①告…　Ⅱ.①古…　②哈…　③卡…　④刘…　Ⅲ.①儿童小说-中篇小说-德国-现代　Ⅳ.①I516.84

中国版本图书馆 CIP 数据核字(2019)第 155177 号

责任编辑　**甘　慧　杨　芹**
封面设计　**汪佳诗**

出版发行　**人民文学出版社**
社　　址　**北京市朝内大街 166 号**
邮政编码　**100705**
网　　址　**http://www. rw-cn. com**

印　　制　**山东临沂新华印刷物流集团**
经　　销　**全国新华书店等**

字　　数　**94 千字**
开　　本　**880×1230 毫米　1/32**
印　　张　**4.875**
版　　次　**2021 年 1 月北京第 1 版**
印　　次　**2021 年 1 月第 1 次印刷**

书　　号　**978-7-02-015408-1**
定　　价　**49.00 元**

如有印装质量问题,请与本社图书销售中心调换。电话:010 - 65233595

目　　录

我们吵架了

这么说吧，平时我们几个还算挺合得来的，可是今天，我们吵了一架。我这就来给你们讲讲是为了什么。

我叫伊达，在学校的成绩普普通通，不过，我想知道的事情却有好多好多。正是因为这样，我才在一次生日的时候许了一个愿望，那就是能有一位属于我的教授，把我想知道的所有事情都讲给我听。而我还真的就遇到了他！我的教授！我的爸妈超级惊讶，我也是。而且，因为我人还不错，至少我自己这么觉得，所以我同意让我的朋友们来旁听教授给我讲的课。

丽莎是我们班的尖子生，她特别聪明，却总是欺负她妹妹西莉娅，一个既可爱又有些烦人的小家伙。另外，还有一

条小狗，它叫莱卡，是我们捡来的。那次教授也在，那会儿我们正在去露营的路上，教授正在给我们讲解哲学（《告诉我，什么是哲学？》）。西莉娅特别喜欢小狗，而且精通狗语。

卢卡斯很好动，无论怎样，他就是没办法安安静静地坐在椅子上，而且，他的牙套好像永远都摆脱不了。我估计，再过一百年，他叽叽喳喳的声音也还是会在我们的耳朵边上飘来荡去……

这边是蒂姆，他有一点胖乎乎的，也有一点慢吞吞的，不过，那只是指他的腿脚，他的脑袋瓜可一点都不慢。他的爸爸对他来说就是最伟大的人，老实说，这有点让人头疼。

是的，这位就是我的教授，他早就成为我们共同的教授了。无论是给孩子们讲解些什么，还是倾听孩子们的发言，都能给他带来莫大的乐趣。他就是这样的一个人！可不是所有的大人都能这样！在这段时间里，我们早就成了最亲密的

朋友，这是他自己亲口说的。

可是你们要知道，他给我们讲解的都是些多么精彩有趣的事啊！

他给我们讲解的内容上至天文下至地理：讲宇宙看起来是什么样子的，讲为什么会有地球；在帐篷里，他给我们讲哲学其实就是在脑袋里挠痒痒。如果没有最初那几位哲学家的思想，我们到今天还是什么都不懂。

我们的教授什么都会，什么都懂，但除了一样：搭帐篷。

不过现在，我要来讲一讲，我们几个好朋友到底是为了什么吵架的。

让我们争执不下的那个问题就是，地球是不是原本就是今天这个样子。蒂姆和卢卡斯觉得是，丽莎和我不同意他们的观点。西莉娅和莱卡也跟着吵，不过他们争的是一个沾满了口水的橡皮球，那个并不是我们讨论的话题。

　　争来吵去地过了好一阵子，我们几个都意识到，又到了需要教授出马的时候了！

　　那么，谁来给他打电话，问问他，我们可不可以向他提个问题呢？

　　当然是我！把你的指头从电话上拿开，丽莎！

进化论开始于自行车之旅

我就知道，教授一定会和我们碰面的。因为，就像他有一次在电话里说的那样，和我们在一起，是一个收获的过程。这句话多么动人啊！那会儿，当我听到这句话时，脸一下子就变得通红，还好他在电话的另一端看不见。接着，我竟然叽里呱啦、东拉西扯地讲了一大堆，什么我们遇到了一个很重要的问题，重要得我们都吵起来了之类的。最后，我才把真正要说的话送出了口：我们想要知道，地球原本的样子是不是今天这样的。

教授先是应了一声"哦哟"，紧接着又发出了一声"啊哈"，这才开口说道："原来你们想了解进化论呀，一个非常有趣的话题，伊达，很棒，不过，它也是很复杂的呢。你们

几个可要做好准备哦!"

之后,他跟我们约好明天早上十点整,他会骑自行车过来,在丽莎家接上我们之后,大家一起出发去郊游。他说他很期待明天的碰面。

我们也是,教授,我们也是!

丽莎马上就在词典里查到了"进化论"这个词,意思是地球上万事万物的发展过程。

看,我和丽莎说得对吧。如果说在地球上的万事万物有过发展的话,那就说明,这些事物以前肯定跟现在长得不一样。卢卡斯、蒂姆,你们俩完了!

"复杂"这个词,丽莎根本就不用查,她以前就认识。它的意思是,事物的情况很多种,不是表面看上去的那么简单,或者说,有很多不同的意见。

当然,丽莎的解释是完全正确的,她懂这个词!比如说,很多人认为,一个上学的小孩,像丽莎这样的,就不应该一直负责照顾她的妹妹,更何况还要照顾那条毛茸茸的狗莱卡。丽莎也不是总喜欢做这种事,可是她答应了她的父母,因为这样,她的妈妈就可以重新去上班了。这就是一个复杂的情况,对吧?

不管怎样,我们马上就要再见到教授了!你问我们兴奋不兴奋?还好,我们早就过了那个阶段,只是对于每次见面,我们都会怀着特别浓厚的喜悦和期待。

我们现在骑在自己的自行车上，去丽莎家门口集合。丽莎带了跟我们不一样的装备，一个儿童座椅和一只小篮子。当然啦，因为西莉娅和莱卡没法骑车嘛。他俩待会儿会被放置到教授的车上，莱卡在前面，西莉娅坐后面。不过，谁负责把小篮子和西莉娅的座椅安装到自行车上，也不用我多说了。我们的教授脑子灵光得很，可动手能力嘛，真的就一般啦。我们头上戴的头盔五颜六色，我总觉得，这让我们看起来像一群小蘑菇。而且，这群小蘑菇现在已经开始手舞足蹈了，尤其是西莉娅、莱卡和卢卡斯。

可是，我们领头的大蘑菇呢，他人在哪儿？

这时，他已经从前面那个街角拐过来了。要不是我们喜欢他喜欢到不行的话，我们早就哄然大笑了，因为你看啊，他头上顶的那个"皇冠"，是古代的骑士头盔吗？别生气，教授，我们只是在心里偷偷地乐好吧。

眼下，他向我们打过了招呼。他摆着手，眼镜片闪着光："欢迎来到求知若渴俱乐部，我来晚了吗？"

是的，他确实来晚了，不过没关系，重要的是，他来啦！

教授，我们可以出发了，莱卡的小篮子和西莉娅的座椅被闪电一般迅速装好，当然，出自卢卡斯之手。

可是，教授看起来一点都不像要立马出发的样子！他伸了伸懒腰，又抻了抻手臂，紧接着，擦了擦他的眼镜。擦眼镜这

个动作，在教授这里就代表着"我正在思考"。这个我们早就知道了。

看，他马上就要开口了。

"我正在思考，"他边说边重新戴上眼镜，"要是让你们来布置我们的地球，它会长成什么样子呢？你们都来讲讲吧。"

这也太难了吧！我们现在是要像大人们乐意听到的那样，显摆些很有知识含量的东西，比如草地啊、花朵啊、高山啊什么的呢？还是可以干脆想到什么就说什么，或者喜欢什么就让地球有什么？又或者，地球上存在的东西必须是对我们来说很重要的东西？

我们的教授虽然是个大人，可是他跟我们的家长、老师那些大人很不一样。那么好吧，我们就想到什么说什么啦！

好动的卢卡斯把车头调向我们，开始用他戴着牙套、口齿不清的发音说："我要把地球布置得到处都是足球场，然后恐龙们绕着足球场跑。我觉得恐龙挺酷的，可是让它们上足球课就不行了。"

哈，典型的卢卡斯，果然不出我们所料。

蒂姆一边嘴里嘟嘟囔囔，一边用手拉了拉他装得满满的背包。好吧，我们现在即将听到的肯定是卖薯条的亭子、卖薯条的亭子，什么都是卖薯条的亭子！哦不，我们没有听到，可是……

"要是我爸爸的话，他肯定会说……"

　　果然，我们听到了蒂姆的爸爸。"哦不，蒂姆，别又是这一套！"丽莎和我私下这样咕哝了一句。

　　蒂姆不高兴地看了我们一眼。"你们俩就忍着点吧！我要说的是，要是我爸爸，他肯定会说，在我们现在的这个地球上，其实万事万物都已经有一定的秩序了。他也许只希望能有更长的跑道可以用来慢跑，我倒是愿意把这个送给他，只要我不用跟着一起跑就好。"

　　丽莎和我两个人互相朝着对方偷笑了一下，不过，我们心里想的什么，我们可没有把它说出来。反正胖嘟嘟的蒂姆肯定早就知道了。

　　但是现在，轮到我了。"呃，我希望，地球上到处都是游乐园。里面有滑梯，有小丑，有音乐，有游泳池，有剧场，还有小动物可以摸，全世界的小孩子都去游乐园里面玩耍，还可以在那里学到些什么。因为，那里面已经有了所有我们该学习的东西，我觉得。"教授这下会不会觉得我的想法很蠢？毕竟我完全没有提到还有学校这回事。

　　可他从那滑稽的骑士头盔下面冲我眨了眨眼。那一刻，我觉得自己好幸福啊。

　　"有趣的主意！"他甚至还这么说。对于卢卡斯和蒂姆的发言，他可是什么都没评价呢。"伊达，你说的设想有几分道理。实际上，真的有一些教育学家很认同这个或者类似的观点。他们认为，在音乐中隐含着数学，在戏剧中包含着文学，在体育中蕴含着人们通过训练才能获得的健康体魄。而小孩子和小动物之间，本身就有一种特别的关系，这一点从我们的西莉娅与莱卡之间的关系就可以看到……咦，他们两个跑去哪里了？"

他们在沙箱后面呢，教授，只要我们的自行车之旅一开始，就会有人好好照看他们的啦。我们的自行车之旅就要开始了吗？不不不，丽莎还要发表她对如何布置地球的意见呢。我怎么把丽莎给忘了。

可是，丽莎这时跳了起来，大喊："西莉娅，停下，到这边来，马上！"

原来，那边已经叽叽喳喳地吵个不停了。西莉娅正试着把她自己粉红色的自行车头盔往莱卡那颗毛茸茸的小狗脑袋上套呢。

丽莎飞快地向他们两个跑去，边跑边喊："你们帮我决定吧！这个'你想怎么布置地球'的游戏太幼稚了，不是我想讨论的话题，我要了解的是属于大人的知识！"

哈！我们这位自以为是的小姐又来了这么一句总结语。好吧，其实我们也不是对她不了解。在她的眼中，世界究竟该长成怎样，我们猜也能猜个八九不离十。这下，我们就开始胡诌乱扯了。说老实话，是挺幼稚的。"用书搭成的摩天大厦，用书种出来的树，装满书的火车，流淌的都是书的小溪……不行，那太湿了。装满书的公交车。嘿！这已经说过

了。由书组成的云朵，下雨时落下的雨点全都是书；由书组成的田野，上面生长的全是书。还有，还有妈妈们，不用去上班的妈妈们。"

我也跟着瞎编了一通，但也不完全是瞎说，有一部分我是真心那么希望的……这一点只有教授发觉了。

他把正在尖叫的西莉娅从沙箱里抱了出来，把小腿儿蹬个不停的莱卡夹在腋下，就这样小人儿和小狗都被他安放在了他的自行车上。

"该你了，西莉娅！"他说道，还是用一种充满了爱的语气，"你来说说，你想变个什么魔法，放点什么东西在我们的地球上吗？"

"不！"西莉娅小声地说，"所有的都有了！西莉娅和莱卡，和丽莎，和妈妈，和爸爸，和橡皮鳄鱼！"

教授严肃地点了点头，帮她把裤子上的沙子拍掉。

"是的，西莉娅，这一点我同意你的说法，所有的都有了。对你来说，我们的地球是完美的，对我们也是。只是问题是，它以前就是这样的吗？而且，到底发生了什么，我们人类才能在地球上生存呢？这还是那个问题。而接下来的问题，你们现在就可以回答我。卢卡斯，怎么把这个小东西的头盔拧紧？"

你说什么，教授？！问我们？你可是教授，你什么都知道，我们可不知道啊！

　　不过这会儿，他已经把那顶骑士头盔套在了自己光溜溜的脑袋上，喊道："上马吧，朋友们，出发前往图书馆，我们寻找答案的旅程将在那里开启，我会一直陪在你们的身边，为你们提供帮助，一言为定！"

地球的历史是真正的童话

丽莎远远地骑在大家的前面。可不嘛，她最熟悉去图书馆的路了。而且她这么做，也正是因为她想在教授面前显摆这一点。怎么说呢，丽莎还真就是丽莎。话说回来，要是我成天总得像个小家长似的，照顾那两个小东西的话，说不定我也会很想拥有一点值得自己骄傲的东西呢。

不过，在图书馆的门前，我们遇到了一个问题。教授没有想到这一点，我们也没有。两条腿的倒是可以进去，但四条腿的不让进啊。我们现在该拿莱卡怎么办？

把它绑在门外肯定不行。它会一刻不停地吠叫着要找西莉娅的。西莉娅也会在馆里一刻不停地哭喊着要找莱卡。他们两个叫起来和哭起来能有多大动静，这我们可是知道的。

把西莉娅一同绑在门外呢？这也行不通。每个从门外经过的人看到这幅场景都会生气的。把小孩绑起来是不被允许的，哪怕这个小孩名叫西莉娅，是逃跑界的世界冠军。

教授，你倒是做点什么呀！我们还想在这里查找关于进化论的书籍呢！

教授什么都没做，他只是挠了挠自己的胡子。

也是，教授，自己的事情都得自己来。无论是研究进化论，还是解决"莱卡—西莉娅"这一难题，尤其是前一个。

这时，卢卡斯伸出了援手！"我待在外面，"他从牙套缝里挤出这几个字，"我跟他俩去比赛谁跑得快。我喜欢干这事！"

那当然了，看书和思考本来就不是卢卡斯擅长的事，比赛谁跑得快才是。而且，他也知道，我们过后会把所有知道的都讲给他听。不错的解决方案，卢卡斯，谢啦。

从教授那儿，他非但没领到一个"谢"字，相反，他刚起身，教授就给了他一个忠告。

"卢卡斯，赛跑的时候可别横穿马路……"

可惜，那三个身影已经同时不见了，还穿过了马路！

教授重重地叹了口气："我要担心他们的安全吗？"

不不，教授，你别操心，卢卡斯很会照顾人，这一点我们大家都很清楚。不过现在，我们终于要进入图书馆啦！不然，我们对进化论还是一无所知呢。

刚进图书馆，丽莎就一头扎到了书架里。那上面摆的可都是只有大人才会看的专业书籍。她的眼里放射出光芒。蒂姆同样两眼放光，不过，他眼中的光芒投向哪儿，我不用猜都知道。这不，他已经趴在一台电脑的前面了。

这是因为在家的时候，爸妈不准他玩电脑，尤其是那个他眼中的"超酷老爸"，压根不觉得玩电脑是一件很酷的事。

教授拿了份报纸，在一张沙发上舒舒服服地坐了下来。他把这些叫作"陪伴和帮助"？

丽莎的面前已经堆了一摞书。她一边翻，一边读，一边扯自己的头发。蒂姆在电脑前胡乱地点来点去。他们马上就要发现什么了，而我一点进展也没有。

好吧，现在去儿童读本区，那里我比较熟悉。不过，我能在那儿找到什么吗？找不到吧！那里只有成堆的童话故事、成堆的小马故事、成堆的恐龙故事、成堆的儿童小说。唯独就是没有关于进化论的书，一本也没有！天啊，就没有人愿意给孩子们写点关于这方面的书吗？丽莎肯定已经找到一些了，蒂姆通过电脑肯定也有所收获。天啊，教授，现在帮帮我吧！我站在这儿，就像个傻瓜！

可那边……哦不，这不可能是真的……那边真的有人急需帮忙。大声哭喊的西莉娅膝盖流着血，被卢卡斯从门外推了进来。卢卡斯仅仅留下一句"抱歉，我还得去照看莱卡"，就跑开了。现在这是怎么了？

丽莎，丽莎，快点！一转眼，西莉娅已经爬上了教授的腿，她抽抽搭搭地说："我摔倒了，好疼！"

就知道一定会这样。卢卡斯，你这个家伙！

教授叹了一口气，说了句"信任是好的，不过有监督会更棒"，边说边把膝盖上的三滴血擦掉。接着，他乖乖地唱起了"保佑你快快好起来"。这首歌他还是跟我们学的呢。

西莉娅满意地依偎在他的怀里，又提出了一个新要求："我要听童话故事！"

然后，教授做了什么呢？他真的开始讲了起来。哇，他讲的都是什么呀！丽莎跟着听，我也跟着听。蒂姆没有，他还在电脑前傻笑。

"从前，有一个地球。它是一个巨大的黏糊团，表面沾满了灰色的岩石。那是在四十五亿年前，这个数字你们可以不用记住。那会儿只有一锅灰绿色的汤在地球上晃来荡去。这时，突然有一些非常小的生物开始在这锅汤里四处游动。没完没了地浮游让它们觉得很无聊，于是，它们开始往岸上爬。这时已经有陆地了，陆地上很干燥，太阳把地面晒得暖烘烘的，让它们觉得惬意无比。那会儿也已经长出了一些植物，很对它们的胃口。然后，就像你知道的那样，西莉娅，如果人很卖力地吃东西的话，他就会越长越高，越长越胖。出于爬行的需要，它们长出了脚。

"渐渐地，这锅臭烘烘的汤变得越来越少，植物则越长越

多，这些微小的生物变成了动物，各种各样的动物，小小的只会爬的动物、中等大小的会匍匐前进的动物、长着翅膀会飞的动物，甚至还有特别巨大的动物，大得吓人的那种。不过，那时候，还没有谁会被吓到。谁有可能会被吓到呢？"

"西莉娅会！"眼睛瞪得老大的西莉娅喊道。

"我也会！"教授笑着说，"不过，在我们人类在地球上活动之前（就像你和我这样），那些大得吓人的动物是……"

"它们是恐龙！"丽莎大喊，手里摇着一本书，"宇宙中发生了一次可怕的大爆炸，这次爆炸冲击了地球，使地球进入了冰河纪。所有的植物都被冻死了，较小的动物也是，因此，恐龙们失去了食物来源，于是，它们也随之灭绝了。"

好吧，丽莎，懂得多小姐，现在有你好看的了！西莉娅圆滚滚的大眼睛里马上充满了泪水。教授趁着自己还不用把手帕再一次掏出来，赶紧接着讲下去。

"不过在那之后，地球就变得既温暖又舒适了。西莉娅，植物重新长了出来，个头小小的、个头中等的和个头特别高大的植物都长了出来。动物也一样，比如大象和长颈鹿。没人怕它们，也没人怕猴子，我们和猴子还长得有点像呢。是的，西莉娅，在这之后，我们人类就来到了这个世界上。虽然从一开始到现在这样，经过了特别长特别长的时间，但是，最后还是成功了。现在，地球上已经到处都是植物、动物和人了。它们就是好多好多的西莉娅、好多好多的莱卡、好多

好多的花，在花盆里，在草地上。而且，如果它们没有死的话，就会一直活到今天。这个童话到此结束了，你还满意吗，西莉娅？"

"才不呢！"西莉娅一边大喊，一边从教授的膝上滑下来，"没有白雪公主！"

教授笑了。"她本来也不包含在我的故事里啊。因为我讲的是一个真实的童话。事情原本就是这个样子的，至少根据人们目前为止的研究和推测，就是这样的。不过，事实上，进化也是充满童话色彩的，因为一切都有可能进化成另外一个样子。所以说，我们是不是超级幸运的？"

我点点头，当然啊！蒂姆没点头，他依然目不转睛地盯着他的电脑屏幕。丽莎也没点头，她在扯自己的头发。

"这本书里讲的可要详细得多，也成熟得多呢，我觉得！"

话音还没落，她已经用那"尖子生丽莎"的声音读了起来：《简明地球史》！地球的诞生到白垩纪。地球到底是怎么诞生的，我们早就知道了，嗯，这句话书上没写，是我现在说的。

"我继续！在太古宙的时候产生了大陆与海底火山。分子组成了最初的生命。这就是教授所说的小之又小的生物，我猜是这样的。

"然后就到了元古宙。许多生命形成的基本条件是这个时期产生的，它们奠定了未来生命出现的基础。最初的软体动物，包括水母、蠕虫、蜗牛等开始在海洋中游动。教授把这幅景象形容成一锅臭烘烘的汤，我觉得，他说得有几分道理。

"在此之后，生命的进化就开始了。我看，这是一个相当湿漉漉的开始呢。"

"橡皮恐龙，丽莎！"西莉娅兴奋地大叫。

"闭嘴，西莉娅！"丽莎呵斥了之后接着读，"接着是生命的爆炸！显生宙时期，无数的生命形式与种类都陆续产生，它们直到今天依然影响着我们地球的面貌。那么，在我看来，进化这时就正式启动了，我说得对吗？"

教授点了点头，咧嘴笑了一笑。

丽莎骄傲地也点了点头，算作是对教授的回应。"全新世是地球上最年轻的地质年代，并且一直延续到今天。正是在全新世，人类诞生了！"她合上书，深吸了一口气。我必须说，这可是相当自豪的一口气啊。

"非常好，丽莎！"教授说着，向她伸出了大拇指，"你查找的方法很棒，找到的知识也很棒。这就是大致的地球的历史，更多的你们也不需要知道了。如果你们有兴趣，就把它们记住；要是愿意的话，你们还可以拿那些什么纪啊什么世的唬人名头出去炫耀一番。所以，这其实也算是个挺有意思的事，不是吗？"

他把头转向电脑前的蒂姆。

"找到了什么吗，蒂姆？"

"看这个！"这个家伙一边嘴里嘟嘟囔囔，一边疯狂地敲击着键盘，"一个超级好玩的骑士游戏，里面的人都戴着像你头上的这个东西，而且，哈，我刚刚把其中一个从他的马上砍下来了。"

"游戏停止！"教授相当大声地喊。

"刚刚这会儿工夫，我们已经通过讲给西莉娅的童话和丽莎找到的书，大体了解了地球的历史。而你的贡献，我的好伙伴，真是有限，我这么说你别生气。不过，现在到了实践出真知的时候了，我的小可爱们，让我们到大自然里，骑上我们的自行车。另外，这会儿谁去把卢卡斯和莱卡接上？"

谁都不用！因为他们此刻正咚咚地跺着脚，沿着楼梯爬上来呢，不一会儿，他俩已经到了门前，莱卡更近一些，近到教授一开门差点踩到它的尾巴。莱卡叫了一声，像射出的箭一样飞扑到西莉娅的怀里。它马上就会得到一个亲亲，并且有人给它唱"快点好起来"，别紧张，教授，没什么大不了的，一切都再正常不过了。莱卡扮演的是地狱犬，就是古希腊众神时期守卫阴间的那个，你给我们讲过的呀。莱卡正尽职尽责地守卫着西莉娅呢。

这一点我们应该早点告诉你的，教授，不是你的错。

我们现在可以出发了吗？我已经迫不及待地要去体验"实践出真知"啦。

虽然这到底意味着什么，我并不是很清楚。

房子和动植物的区别

我们骑上自行车出发了，沿着街道，教授载着西莉娅和莱卡打头阵。不过，我们到底要骑去哪里，他并没告诉我们。卢卡斯不停地催我们快点，他嫌太慢；而蒂姆则远远地落在后面，对他来说又太快了。

整条街都很无聊，路的左边和右边除了房子还是房子，这我们早就知道了。不过就在这时，教授抬起手示意我们停下来。什么啊，我们这就到达目的地了吗？教授从车上下来，我们也跟着下了车，蒂姆对此很满意，我们其他人并不这么觉得。西莉娅嚷了一声"继续骑啊"，而莱卡因为西莉娅喊了，于是也跟着狂吠起来。

"谁能让他俩安静下来？"教授一边问一边摘下头盔。

好吧，蒂姆从背包里拿出了一块，哦不，更确切地说是两块饼干，解决了这个难题。为此，蒂姆从教授那里得到了一声感谢，因为他很清楚，蒂姆更希望把这两块饼干塞进自己的嘴里。

教授靠着自行车，站在人行道中央，若有所思地说："其实，朋友们，要把进化论讲清楚，一点都不容易，因为，它太普通、太平常了，你们能理解吗？"

他看了看丽莎，但他也可以看看我啊！"普通、平常，这说的不就是简单吗？"其实就是"简单"的意思，只不过"平常"听起来更像大人们说的话。每个小孩都知道，家长和老师们的话是怎么一回事。丽莎，不好意思喽，这次让我抢先了一步。

"可是，你们也能明白我在这里用这个词指的是什么吗？"

不明白，教授，不是那么明白。丽莎搓着她的头发，蒂姆嚼着饼干，因为他觉得只有那两个小家伙嚼饼干或许太孤单了，他想跟他们做个伴。卢卡斯正在用他的自行车绕着一个垃圾桶练习跳跃，他这会儿刚刚跳开了。

"待在这儿别跑，卢卡斯！"教授冲他喊道，"我需要所有人都把耳朵打开好好听着。我们要讨论的话题会不断地向我们提问，所以，乖一点。"

卢卡斯马上变得很听话。他把车头调了回来，嘴里嘟囔着："现在，球在你那里了，教授，抬腿射门吧！"

他终于要开始讲了，我们的教授。

"我们当然可以把进化理解为一种发展，这是合理的也是正确的，万事万物都在发展之中，所有的一切！但更值得我们关注的是，每一种事物为什么按照它现在我们看到的样子而不是另外的样子发展。当最初的生命从那锅汤里爬上陆地的时候……"

"那是发生在元古宙的事！"丽莎快速地喊道，可教授只是轻轻地点了点头。

"问题是，它们本可以继续待在水里的呀，一开始不是在那里也住得相当舒服吗？它们究竟为什么要做出上岸这一步改变呢？"

可是教授，这不是很简单嘛，因为它们拥有了某些条件啊。陆地上干燥，阳光温暖，肯定还有些植物生长在那里，它们可以依靠这些来生存啊。你不是有一次给我们讲过嘛，教授，我们之所以能够诞生在这个世界上，就是因为某种可能性的存在。地球上的一切都刚刚好适合我们的到来。这个我记得很清楚，因为我很喜欢这种说法。那么现在，我值得你"伸出大拇指"了吗？也不用，一个点头就够啦，对我来说。

"我想要说的是，伊达，"教授送给我的是一个微笑，"大多数时候，当人们提到进化或者发展的时候，首先想到的都是生存。植物、动物、我们，都生存在地球上。以前有以

前的生存方式，现在又活成了眼下的这个样子！不过，人们在思考进化的时候，难道不能想象出另一个截然不同的开始吗？你们现在看看周围，看到了什么？"

你是认真的吗？教授，这种问题拿来问幼儿园的小豆包还差不多。可要是他真想听的话……那我们就乖乖地一一数过来吧：

"汽车、我们的自行车、房屋、街道、一棵树、男人、提着购物袋的女人、小孩、垃圾桶。"

"就让我们先拿这棵树来说吧，"教授开口了，"再加上那栋房子。你们能想到这两者之间根本的差别吗？除了它们长得根本不一样之外，这毫无疑问。如果是这个答案的话，你就可以不用回答啦，丽莎。"

啊，什么呀！难道现在只有丽莎负责回答问题吗？我们其他人压根就不会给出这么简单的答案好吧！有一种解释本来大家都想到了，结果还是从丽莎的嘴里说了出来："那棵树是长出来的，但房子不是！"

"答对了！"教授用他的头盔指向房子。

"谁还有兴趣，谁想再试试？如果有哪位选手能够简单明了地解释清楚，为什么房子不是长出来的，我就给他一百分！"

比赛这就正式开始了。当然每个人都希望得到一百分，更何况还可能有来自教授的表扬呢。

选手卢卡斯咕哝着说："这栋房子有楼梯，有门窗，还有烟囱，这些东西是不会生长在田野上的，不然的话，我骑自行车转悠那么长时间，肯定早就看到过。"

选手丽莎颇有些瞧不起他地说："就凭这个幼稚的答案，你连一分也拿不到，卢卡斯。不过也难说。因为，毕竟你列出了一些东西，它们虽是零部件，但也很重要！我从我的一百分里送三分给你。"

选手卢卡斯吐了吐舌头。

选手蒂姆嘟囔着说："不不，丽莎，那一百分是我的，我一分都不送人。因为，那些零部件是被男人们组装起来的，就是像我爸爸那样的，他在这方面可厉害了。"

选手卢卡斯立马怒气冲冲地捶了一下选手蒂姆的头盔："你这个答案可是在我的主意上得出的。拿来，五十分，我应得的。"

而选手伊达该怎么办呢？她会把那一百分收入囊中吗？如果我说，一栋房子是由零部件组成的，这个丽莎已经说过了；如果我说它是由人类建造起来的，这个蒂姆也说过了。只是，他用的词是"男人"，但也算人类嘛。只有人们去盖房子的时候，房子才会存在。可是，这个道理估计就连西莉娅都懂的，不是吗？

这时，正巧选手西莉娅要发言了，原来她真的在听呢。

"房子不漂亮，大树漂亮。我要尿尿，莱卡也要。我们要

去大树那里尿！"

"我的选手们，你们全都能得一百分，"教授一边喊，一边把西莉娅和莱卡从自行车上抱起来，塞到卢卡斯的怀里，"去找那棵漂亮的大树吧，不过一定要留神，路上有车！我可不想担这个心！"

真扫兴！所有人都赢了，电视里可不是这么演的，教授！不过，要我说的话，你至少给每个人都来一句表扬吧。

"一栋房子是由零部件组成的，这些零部件是由人们一点

一点搭建起来的。"他说着，爬满皱纹的额头转向那棵大树。
莱卡正在树下撒尿，卢卡斯则带着西莉娅消失在灌木丛后面。
"所有的零部件结合在一起最终会形成一个整体，也就是这栋
房子。这个工作是由人类来完成的。其中没有任何一样东西
是凭借自己的力量诞生并且成长起来的。房屋的建造和技术
有关，换句话说，是一个技术被运用的过程，而技术，是人
类独有的能力。"

　　"人类诞生于全新世！"丽莎点点头。她就是不肯放过任

何一个表现自己的机会。紧接着，她迫不及待地补充道："因此，我得出结论，所有经过人类之手被制造出来的东西，都是由零部件组成的。也正是因为如此，它们一旦被建成，就没法再发生改变了。可是大自然不同，大自然里的生命是会发生改变的。这一点我们从地球的历史里就已经见识过了。对了，那锅晃晃悠悠的汤，是在太古宙的时候……"

"丽莎！这些我们都已经知道啦！"

"可是卢卡斯还不知道呢，他缺席了！"丽莎为自己辩护。她说得也对，是这么回事。所以，我们的懂得多小姐有权继续扮演她懂得多的角色，这就是结论，可惜……

不过，说她抓住每个机会叫嚷着显摆自己的博学多识，这也不好……不行，我得扔掉这种想法，很有可能，我只是嫉妒她而已。多少有一点吧。

"要是我爸爸在的话，现在他肯定会说，大家已经把想知道的都搞懂了，也不需要再继续闲扯废话了。是的，他会这样说的，毫无悬念！在大自然中，一切都是处在不断变化当中的，因为从以前开始就是这样。但如果是由人类摆弄出来的或者建造出来的话，就会永远保持那个样子不变了。也就是说，房子永远都会保持房子的样子，飞机到什么时候都是一架飞机，即便这个东西偶尔变成了另外的样子，也没区别，因为那只不过是人们又把它摆弄成了别的样子而已。这时，按理说我就应该停止鼓捣电脑了，而我爸爸肯定想来上一瓶啤酒。我嘛，柠檬汽水就够了。"蒂姆在自行车上晃着自己的身体，看向教授。

教授则晃了晃脑袋，看向蒂姆。

"柠檬汽水的问题我们稍后再考虑，蒂姆，"教授说道，"你还不至于渴死，而我还想在这儿待一会儿，用你爸爸的话来说，就是多扯一会儿废话。嗯，就是这样。"说着，他把自行车停靠在了篱笆旁边——这时我们该做什么呢，我们跟着也把车停在那儿了。教授停好车，蹲在了一级台阶上——这时我们该做什么呢，我们也跟着蹲了下来。台阶上变得有点挤了。

"当我们谈到进化的时候，我们在乎的是另外一些事。我们应该思考的是如何去理解，为什么生命会如此多种多样。比如说为什么会有这么多不同种类的生物，是什么规则在它们的背后起作用！话说回来，我们那两位去撒尿的小家伙藏在哪儿啦，我需要担心吗？"

话音刚落，丽莎就扯着脖子喊了起来："卢卡斯，到这边来，马上就来，你又要错过一堂课啦，把那两个小家伙也带过来！"

卢卡斯还真的就在下一秒从灌木丛中钻了出来，跟着爬出来的还有西莉娅和莱卡。他们头发上满是树叶，莱卡的毛上也满是树叶，所有人的裤子上都脏兮兮的。

"我们藏起来啦！"西莉娅骄傲地宣告，"卢卡斯不可以看

我们尿尿，我们自己去的！"

"烦人精！"卢卡斯嘟囔着，硬是自己挤到我们中间来，"让一让嘛。"

这下就更挤了，尤其是对教授来说。西莉娅依偎在他的两个膝盖之间，莱卡跳到他的腿上去了。教授叹了口气，不过他也没怎么动弹，只是帮西莉娅把树叶从头上摘掉，还有莱卡尾巴上的。

"你们四处看看，比较一下看到的东西，这里就有一个很好的例子可以用来说明大自然的多样性，你们发现了吗？"

既然教授这么问了，那我们就非得仔细找找不可了呢！我们拿着那几片叶子翻过来覆过去地看，它们看起来一模一样啊，而且当然一样了，它们来自同一片"藏着尿尿"的灌木丛嘛。不过，教授，这下你可以欣慰了，我们真的发现了什么！丽莎手里的这片叶子比我手上的这片要长一些，卢卡斯的这片上有两个尖尖的小角，但蒂姆的那片没有。

它们长得不是一模一样的！这会儿，我们已经开始动手把西莉娅肚子上和莱卡耳朵上的叶子一片一片取下来瞧了。西莉娅兴奋地尖叫："好痒，好痒！"莱卡已经开始在打盹了。事实上，没有哪片叶子长得跟另外一片完全一样。我们以前倒是从来都没注意到呢，丽莎也不知道，要不她早就说点什么了。

"没有哪一片叶子跟另外一片是一模一样的，就算它们是从同一棵树上掉下来的。整个自然界都是这样的，而进化就是大自然长成这个样子的幕后操纵者。没有一朵小雏菊跟另外一朵毫无差别……"

现在我们总算知道他想表达的是什么意思啦。这还用说吗？

在大自然里，"同一种"跟"同一样"可是两码事。大家马上七嘴八舌地轮番举起例子来，我们能想到的还真不少呢。

"一根香蕉比另一根香蕉要更弯一些，一朵玫瑰比它的姐妹要多出三片叶子，一个苹果比它旁边的那个更大一点，一棵橡树高过另一棵橡树……"

我们可以找出无数个例子，没完没了。这很简单，也挺好玩的，不过教授觉得够了，摆手示意我们停下来。

"好好好，这些都是细微的差别。可那些显著的差异呢？为什么一头豪猪长得跟一只鸭子不一样？这才是值得人们发问的问题。而我现在想问的是，有没有人……虽然我觉得这两个小东西很可爱也很宝贝，但……"

明白啦，教授！莱卡已经爬到了蒂姆的膝盖上，我来抱着西莉娅。这下好了吧？

教授感激地点点头，擦了擦他的眼镜。

"让我们回到由进化带来的不可思议的多样性上。关键词，豪猪与鸭子。"

哈，这两个关键词能让我们联想到的也不少呢。大家又

开始乱作一团，嘻嘻哈哈，推推搡搡。

"一匹马跟一条蚯蚓不一样，一只仓鼠跟一条蛇不一样。一只猫跟一只乌龟不一样，一只老鼠跟一头长颈鹿不一样，一头恐龙跟一辆自行车不一样。"

说这话的是卢卡斯，他的话音刚落，帽子上就挨了丽莎一拳。

"恐龙是显生宙时代才有的。恐龙是动物，自行车又不是动物，这么比根本就是错误的，这种低级错误你也能犯，真是病得不轻！"

可是卢卡斯只顾傻笑："我只是想测试一下，咱们的懂得多小姐能不能发现这个错误嘛。"

丽莎一下子火了起来，我赶忙把她拉住。算了吧，丽莎，他本来就是这么幼稚啊。

幸好这时教授接着讲了下去："如果我现在告诉你们，世界上已知的动物与植物有多少种，然后咱们一种一种地数过去的话，那大家数到明天也数不完，只会脑子里一团糨糊地继续坐在这里……"

"而且又饿又渴，"蒂姆叹了口气说，"不知怎么，我现在其实就有点这样的感觉了。"

教授就当没听到这句话，蒂姆的这种叹气他太熟悉了。教授接着自己的话讲下去："人们推测，目前世界上大约有一百八十万种不同的生物，你们设想一下，一百八十万呢！这个数字背后暗含着多么巨大的多样性！意味着到处都有活物在地上爬行，到处都有体积微小的物种生存着。同时，跟它们生活在一起的还有那些大型和超大型的植物与动物，只要是人们能想到的地方，都有它们在活动。它们覆盖了整个地球，各种各样的生命！"现在轮到教授激动兴奋了，不过我可不想让他平静下来。他的双眼在镜片后面闪闪发光，他就快要没法控制自己了，每次他的两眼放光的时候，他都这么说。

"共同活在我们这个地球上的朋友们啊，生命是一部浩繁的巨著，让人啧啧称奇的地方到处都有！有一些研究者声称，这世上另外还有超过三千万种不为人知的有机体存在，'有机体'指的就是动物和植物。三千万啊，听着就让人咋舌，不是吗？"

这时，他挥了挥自己的骑士头盔，跑到我们面前，从这头走到那头，一边走一边说：

"没错，可是拜托，既然是未知的，人们又怎么知道呢？这事我也搞不懂！那些不为人知的东西，我又该上哪儿去知道？更何况，我连到底有多少种这样的东西都不清楚。好吧，好吧，可能就是有这么一个大概的数字，只是用来让人乍听之下大吃一惊罢了。可不管怎么样，你们可以相信我，在这个世界上，物种的多样性是非常惊人的。比人类通过使用技术的能力制造出来的那些东西的种类还要多得多。像什么房子啊，汽车啊，洗衣机啊，自行车啊……说到自行车，咱

们这就骑上去吧，大家同意吗？趁咱们的蒂姆还没在这儿跟我哭求之前，向着最近的小吃摊出发，想吃什么挑什么，我请客!"

好啊，那么，谁来打头阵呢？当然是蒂姆，还能有谁！

柠檬汽水与薯条伴着进化歌

最近的小吃摊也挺远的，反正，蒂姆马上就会意识到这一点。我倒是无所谓。因为我觉得，骑车的时候可以好好思考。别人是不是也这样觉得，我不太清楚。莱卡也会思考吗？还是它根本不需要思考，因为进化把它创造了出来，它也自然而然地知道了一切动物该知道的事情？植物肯定是不思考的，它们光顾着生长，只要自然提供给它们生长需要的条件就够了，比如土地、水、阳光什么的。我猜，它们根本就不知道思考是怎么一回事。那么，当进化把动物和植物还有后来的我们创造出来并让我们生长的时候，它思考过吗？或许进化也思考过。它想，嗯不错，这一切倒是挺互相搭配的。哦不，伊达，我觉得哪儿有点不对劲。教授不是说了嘛，

自然界的万物之所以能够诞生并且成长，是因为有某种可能性的存在。他的意思指的是那些条件，这一点我倒是非常清楚的。

我猜，如果我说，我动脑子的结果是认为大自然也会动脑子的话，那我一定是动错了脑子。对，我的教授肯定会这么说。不过，要是大自然里的一切都只是因为具备了条件就能发生的话，那也算是个巨大的奇迹了！

如果我们人类让某个东西诞生了，我们管这叫作"发明"。在这个过程里，人类没少动脑子，有时候还会想错了方向，甚至大错特错……

嘿，一转眼这是怎么啦？怎么我骑着骑着，就剩我一个人啦！其他人呢？我是迷路了吗？我把车头调转了方向，这下才看到他们，还能听到他们的说话声呢。

在那边，小吃摊旁，所有人都站在那儿，一边招手一边大喊："伊达，过来呀，你的眼睛上是涂了番茄酱吗？伊达，我们等你呢！"最后一声是教授喊的，还真是，我骑过头了，都是思考闹的。现在什么都别想了，赶紧掉过头去找我的教授吧。他喊我的声音最温柔。

教授马上递给我一瓶柠檬汽水，甚至还帮我把头盔摘了下来。他肯定没替其他人做这个，最多帮了西莉娅。不过她

还是小孩呢。进化可不关自行车头盔的事，这个得靠我们自己。

蒂姆和卢卡斯捧着他们的香肠配薯条大嚼特嚼。莱卡也是，只不过它没有薯条，薯条此刻正在西莉娅的嘴里。丽莎和我紧挨着教授，吃着我们的奶酪面包。因为自从莱卡来到我们身边后，我们就下定决心再也不吃小动物了。每只小动物都有权利想活多久活多久，在这一点上我俩想的一样。教授一小口一小口地喝着他的咖啡，又把烟斗塞进了嘴里。好吧，在户外，他可以抽几口烟，就像他自己说的那样，只在有风的地方。他不会让孩子们吸进二手烟的。

"这会儿趁你们的嘴巴正在忙，我应该可以认为，你们的耳朵空出来了吧，现在准备好听新的知识了吗？"他说着，对着空气吐了一口烟。

当然，当然，快讲吧，我和丽莎都往教授的身边又挪近了一步。蒂姆继续嚼着，鼓鼓囊囊的腮帮子里装的是第三份薯条。反正他爸爸看不见，而卢卡斯又去照顾西莉娅和莱卡了。他想帮两个小东西把小嘴巴甚至小下巴都擦干净，可是莱卡早就抢先一步擦完了。看吧，这又一次证明了，动物知道它们该干什么，它们的进化相当不错呢。不过，卢卡斯可是很乐意这么做的……就是在那次哲学露营，我们跟教授学到了，大一点的人要对小一点的负起责任来。

教授一边抽烟，一边思考，一边看向他已经空了的咖啡杯。"朋友们，帮帮我，咱们讲到哪儿了？"

"讲到了动物和植物的多种多样，教授！"丽莎赶紧抢着回答，"需要我再帮你去买一杯咖啡吗？"

我也应该早想到这一点的……

"谢谢，丽莎，"教授微笑着把空的咖啡杯塞到了她的手里，"对，多种多样，这太疯狂了！所有的生物都以各自的方式生存着，又继续产生它们的后代。因此也就出现了一代又一代新的生物，无穷无尽。如果它们属于同一个种类的话，基本上这些后代都会长得跟它们的上一辈很像。贵宾狗生出来的孩子还是贵宾狗，大象再怎么也生不出老鼠来，玫瑰枝上也从来不结西红柿。所有的物种都保持它们原有的样子，却又在细微的特征上与彼此有所区分。回想一下你们比较过的那几片叶子就知道了。"

"我早就想到了！"西莉娅骄傲地大叫，扯了一下莱卡的尾巴，这下莱卡也尖叫了起来，"那些叶子可是我发现的，还有莱卡！"

教授笑了。"可不是嘛，要是没有你们俩，西莉娅，那些细小却很重要的区别就会从我们的眼前悄悄溜走呢。不过，你现在能不能不要再折磨莱卡了呢？你难道没听过那句谚语吗：'动物不懂开玩笑，却懂什么叫作疼。'这么动人的话说的都是事实。你肯定没少听外婆说这句话吧。"

"没有！"这回西莉娅倒没有再大喊大叫了，"是丽莎常

说。外婆在天上呢，她去照顾小天使们啦。"

丽莎的脸突然微微一红。这种外婆那一辈的谚语本来不像是她会说的话。她仿佛突然被人发现了小秘密一样，立刻难为情起来。可真的没必要，丽莎！这句谚语确实很动人啊，说的也是真相，教授都这么说了。别难为情！

"咱们现在可以继续了吗？"丽莎揪着自己的头发说，"我们上一段讲到多样性。这个我们已经知道了。"

教授皱了一下眉，摇了摇手中的烟斗。

"可是怎么会是这个样子的，我们倒要仔细问一问。这巨大的多样性究竟是从何而来的呢？

"在地球上的每一个角落啊，比如北极，冷得不行的地方，有北极熊；在南极，有企鹅；在沙漠，热到不行的地方，有蛇或别的爬行动物，有各种飞鸟；在海洋里，鱼的种类多到数不清。就连在最高的山峰上都有生命，有植物、动物。在热闹非凡的雨林里，生物的种类就更多了。两极的生物多样性算是最不明显的，朝着热带的方向，尤其是温暖的赤道附近，那里的万物长得十分蓬勃茂盛呢。朋友们，我跟你们说，这个多样性，可是名副其实的无奇不有、五花八门！"

教授深吸了一口气，他的烟斗被他自己刚刚这么一挥，熄火了。这样更好，烟斗的味道不好闻，就算是在流动的空气里也一样。

"可是，这个五花八门到底是什么形成的，这个问题你还是没有回答啊，教授。你只是列举了好多例子而已。"丽莎很严肃地说，而我却注意到，刚刚关于那个老谚语的事，她还是很介意。"算了吧，丽莎，其实我们早都知道这个问题的答案了啊！因为那个时候的地球就已具备条件了。各种条件，丽莎，各种条件。你只不过有一点想惹教授发火，承认吧！"

还真没错，丽莎拧了一下我的胳膊。这表示她承认了。我倒没生气。教授完全没察觉到我被拧了一下，他摸着自己的烟斗，像在做梦一般，思绪跟在那个让他着迷的生物多样性后头。我们也很着迷啊，这一点毫无疑问，教授。

可是教授，丽莎和我现在要回答这个问题了，对吗？这个问题是，这一切是怎么形成的。教授其实都已经讲过了，他肯定忘了。

全体注意，我们现在开讲啦！

"不，开唱！"西莉娅大叫一声，抓住了丽莎的手。丽莎和我互相看了对方一眼。是啊，为什么不唱呢？

这时，西莉娅已经扯着嗓子唱起来了："所有我的小鸭子，游在湖面上。"

"先停一下，西莉娅，你的小鸭子们游得太早了。一开始游的是别的一些生物。你选的这支曲子，倒是挺合适的，只是歌词不对。来，丽莎，你开个头！我们像小鹅排队一样跟在你后面，围着小吃摊绕圈圈，轮到谁的时候，谁就把他知

〈45〉

道的唱出来，怎么样？开始！"

丽莎牵着西莉娅的手，带头唱了起来："单细胞生物游在臭汤里啊，游在臭汤里，变成了多细胞生物啊，可一点都不疼！"

轮到我了："但这花了几十亿年，我说的是'年'，它们爬到了岸上，因为条件成熟啦。"

"太阳当空照，植物也不少啊，植物也不少，它们总能找到吃的，日子过得真挺好！"

这肯定是蒂姆了，还能有谁。

"可那些植物长得都不一样啊，长得不一样……"又该丽莎唱了，"蕨类超级大，大得像房子！"

没错，可是然后呢，然后我们就不知道了。接下来发生了什么？

是我们把动物们的进化顺序给忘了吗？还是教授压根就没给我们讲过？我们转过头去找教授，可他人呢？他在我们的身后，成了整支队伍的末尾鹅，我们完全没注意。他眨眨眼睛笑了笑，挥舞着他的烟斗就像学校合唱团的指挥。他唱得超大声，可是没全在调上：

"先是无脊椎，然后是鱼类，再来两栖动物，跟着是爬行类，后来有了鸟儿，哺乳动物也诞生，最后的亮点是什么？是人类！我唱得不错吧？"

很棒，教授，至少歌词是。你能跟着我们这支队伍一起唱这首歌，就已经赢得一百分了。这下你高兴了吗？

可有人不高兴了，这个人就是卢卡斯。他用牙齿咬着舌头尖唱："我的恐龙们呢，它们在哪里，它们在哪里，你们把它们都忘了，谁都没有唱！"

这时候谁能回答他呢，肯定是丽莎啦，当然还是用唱的。"它们生在显生宙，生在显生宙，咣的一个不走运，小命儿全没啦！"

哈，照丽莎这么个唱法，我也行！于是我就真的唱起来了："显生宙是一场大爆炸哦，一场大爆炸，就从这个时候开始了，开始了进化！要是它们那会儿没灭绝，到今天还活着！"

我觉得，这段歌词作结尾还挺好听的，只是曲子的长度不够长。让我有点惊讶的是，一群唱着歌的小孩跟着一位教授绕着小吃摊不停地走，小吃摊的老板竟然一点都不惊讶。不过也有可能他已经弄明白了，这位教授试图喂饱的不光是这群小孩的嘴巴，还有他们的头脑。或许他在自己的这个摊子上已经看过太多值得惊讶的人了，于是他压根就不再感到惊讶，而是继续照顾自己的香肠。

其实有点可惜，我们没告诉这位老板，人类是在全新世诞生的。不然，他也算从我们这里赚了点什么，我指的不是钱，而是知识。

教授把他的烟斗放进衣服口袋，伸手拿起他的头盔。

"该换地方了，朋友们。咱们现在去找那个问题的答案：这一切到底是怎么成为现实的。关于'什么是进化'和'为什么会进化'，我们这会儿已经搞清楚了，我没猜错吧？"

是的，你没猜错，教授，你可以立刻上车啦，骑上你的自行车。我只剩一个关于"为什么"的问题了，很快就能揭晓答案。"是这样的，'生长'这件事之所以能发生，是因为当时有某种可能性。丽莎，你别偷笑，教授都没笑。当时地球上有水，有阳光，有风，有不错的气候。然后，那会儿的地球上几乎到处都是陆地。丽莎，够了！可是，那些地里不需要还包含些什么，来帮助万物生长吗？我有一次在一个农庄，看到农民把那些臭烘烘的东西撒到田里。一边撒，他还一边相当得意地自言自语：'尝尝吧，肯定合你们这些植物的胃口。'"

丽莎哼了一声，教授却把他的头盔摘下来了。"瞧见了吗，丽莎？我提的问题并不蠢呢！"

"正相反，我的好孩子！"教授边说边给我使了个眼色，"你的猜测完全正确，在地球的土地里，确实有一些东西。那是重要的养分，而那个农夫做的则是把土拍松，又往土里添了些东西。很有可能是来自马厩的粪便，臭气熏天，不过那里面也含有养分，对某些植物的生长很有帮助。丽莎，如果你想知道那些养分确切的名字——亲爱的朋友，我了解你，那么就去图书馆查吧，不过不是现在。你们知道……"他这会儿又把头盔戴上了，"我一向不赞成小孩子给自己灌一脑子的概念，像氧气、氮气、碳啊什么的。光听这些概念，根本搞不懂说的是什么，只会左耳进右耳出。我们还是具体一点，去找那些我们看得见、摸得着的例子。该去哪儿呢，大家快来提提建议！"

"去卖冰淇淋的地方，"蒂姆嘟囔着，"能看，能坐，还能舔。"提议被拒。先是薯条，又是冰淇淋，你是想气死你爸爸吗？

"游泳池！"卢卡斯咕哝着说，"那里是微小的浮游生物诞生的地方。"

提议被拒。要长也不是长在游泳池里，卢卡斯！

"动物园！"西莉娅兴高采烈地大叫，"我要去看鳄鱼，我想摸鳄鱼！"

提议被拒。西莉娅，很抱歉，动物园的话，还是明天或别的什么时候让丽莎带你去吧。摸鳄鱼这种事你也可以忘掉，那还不是你能干的！

不过，丽莎的建议最终被采纳了，那也是我的建议、教授的建议和莱卡的建议。说到莱卡，它已经跑到小吃摊后的一小片灌木丛里闻来闻去啦。

"我们得去大自然里，这一点毋庸置疑。只要是在城市里，我们能找到的几乎都是人工制造出来的东西！"

不走运啊，卢卡斯、蒂姆、西莉娅，你们的建议被否决啦。

　　那么，最近的大自然在哪儿呢？当然在公园，我们肯定不能骑自行车骑到北极去，吃晚饭的时候我们还得回到家里呢。

生长是一切的开始

　　公园挺近的，对蒂姆来说是好事，对好动的卢卡斯来说则恰恰相反。而且这个公园有很多优点，对我们大孩子来说，想要的应有尽有；对莱卡来说，也有一片可以溜达的草地；而对西莉娅来说，还有一个儿童乐园。希望他俩别搞错，各自应该去哪里玩。那边也有长椅，大家挤一挤可以挨着都坐下。不过，最后大概只有蒂姆会坐在长椅上，守护着他神圣的背包。丽莎跟我都会蹲在草丛里，因为教授也会蹲在那儿，我们可不能让他落了单。

　　西莉娅和莱卡刚从自行车上被抱下来，瞬间就冲向了遛狗的那片草地。也是，我们还能指望他们干什么呢。

　　在儿童乐园里，瞧，是谁已经吊在那儿了，当然是卢卡

斯，大头冲下倒挂在一组用来攀爬的梯子上。这也是我们早
该想到的。不过，至少他离我们还算近，莱卡和西莉娅现在
已经变成两个蹦蹦跳跳的小点了。

教授皱了皱眉，看了看那组用来爬上爬下的梯子，擦了
擦眼镜，又看向那片用来遛狗的草地。他下一秒要问些什么，
我和丽莎早就知道了。

不，教授，你不需要担心！只要那个小点点还在那里蹦
啊蹦的，就什么问题都没有。就算卢卡斯从那上面掉下来，
顶多也就是啪的一声掉进沙箱里，好得很。

你可以开始讲啦，教授，我们都等着呢！

不过，他并没有开始，而是满怀心事地拔下来一根草梗，
又抬头看着高高的大树。

"自然不可思议的多样性，物种的五花八门，让人们惊叹
不过来。不过，如果只是挨个数过去，并没什么意义。那只
是简单的'盘点'，你们懂我的意思吗？"

丽莎和我点了点头，她比我更用力。

而蒂姆的头点得比丽莎还猛。

"这个我从我爸爸那儿知道的。他总是说我该什么时候好
好盘点一下我那个像猪圈一样的小屋，让我把所有的东西都
清算一遍，然后把其中的一半都扔到垃圾堆去。可我每样都
需要！我爸爸必须接受这一点。"

教授冲长椅那边眨眼一笑："然后呢？你爸爸对此接

受吗？"

蒂姆也对教授眨眼笑笑："然后我妈妈就给他拿了一瓶啤酒。"

"我这会儿也想来一瓶呢，"教授微笑着，边说边摘下了一根开了花的枝干，"不过，现在回到自然的进化上来。进化可跟盘点、清算都没有关系。最好的例子是植物，植物的进化再明显不过了。我们所有人都见过，那些大多数时候是在春天播下的种子，突然之间都长成了什么。而这还都只是一切的开始呢。

"就从那么小小的一粒，小到几乎看不见的种子，竟然长出了一整株植物。而且这小小的种子藏在土里，后来竟然冒出地面，变成了我们都看得见的东西。"

教授跳起来，跑进草丛里一阵摸索，突然手上就多了一颗橡子。他把橡子递给我们。

我猜，这会儿我们该做的肯定不是表示惊叹，而是就这个东西说点什么，对吧？不，我猜错了。那颗橡子刚才还在他的手里，转眼间橡子就不见了。他又去草丛里拨弄了一番，结果一样。

"比如说，我们现在把这颗小小的橡子种到了土壤里，日后，它就会长成一棵橡树。那可是一棵橡树啊！一个三十米高的庞然大物！这是怎么做到的！小小的一颗种子怎么就长成了参天大树？"

　　他真的把那颗橡子埋在土里了吗？没有，它还在那儿呢，只是沾上了一点泥土。

　　丽莎把它重新擦干净，没办法，她习惯这么做。

　　"地里的橡子能够长成大树，是因为它拥有了一些可能性。"说着，她把干净的橡子还给教授。教授把橡子塞进口袋。好吧，这颗橡子肯定永远也长不成橡树了。裤子口袋可不是这种东西生长的地方。

"丽莎，没错，是因为它获得了一些可能性，"教授说，"这颗小小的橡子活了下来，并且用全部的力量摄取一切所需。而它所需要的，由土壤来供给。不过，这么解释还远远不够，因为，它可不是就这么简单地生长起来的。它的生长是按部就班的。"他充满期待地看着我和丽莎，向梯子上的卢卡斯投去的目光则充满了担忧。

"你也可以看我一眼嘛，"长椅上的蒂姆嘟囔着，"因为我知道！'按部就班'是我在做作业的时候要遵守的规则。一样接着一样来，而不是全部混作一团。也不能在这中间插进来毫不相干的事。只有这样，我最后出来的成果才是符合要求的家庭作业。这是……"

"我爸爸教我的！"丽莎和我大叫，这次甚至连卢卡斯也加入了我们。

"你们只不过是嫉妒我而已！"蒂姆耸耸肩膀，一点都不在意。或许他还真的说对了……

"我是自己学的，因为我自己就能看出来！"卢卡斯两手根本没扶梯子，就在两根柱子之间蹦来跳去。

"一棵树，总有一根树干，上面长着树枝和树叶，有的时候树上还会有针。过完圣诞节，那些针在我们家的地毯上到处都是。"

"我没看错的话，咱们的男士们又都归队了，"教授喊道，"卢卡斯，请你快下来，要是你把腿摔断了，我可承受不起。

不过你们说得对，你们俩都对。这难道不疯狂吗？这中间很明显发生了什么，阻止了一颗橡子长成一个电脑键盘或者一个塑料瓶子。只要那颗橡子好好在地底下待着，那么它就只会长成一棵橡树，而不是别的。"

天啊，教授，这是理所当然的啊，这我们也老早就知道了，不是吗？而如果人们种下的是萝卜种子，那么到时候肯定冒出来的是一小片一小片绿色的叶子，挂在根上的也肯定是萝卜而不是足球啊。这你都给我们讲过啦！

卢卡斯扑哧一笑："菜园子里结足球，这倒是挺新鲜的！"说完这句话，他就从梯子上蹦了下来，像个傻子一样在草丛里踢来踢去。那么，教授在干吗呢？他也跟着踢起来，踢一个根本不存在的萝卜足球！

这下可好，他们俩都变得滑稽好笑了！

不过，一边滑稽地踢着球，一边讲解，教授也能办到，就算这会让他说话上气不接下气。

"准备好大吃一惊吧，朋友们……卢卡斯，传球……这下人们就得问了，那一切是怎么开始的呢！第一个把种子种到地里，或者种到水里还是随便哪里的是谁……我做的是假动作，卢卡斯，假动作……世上万物都不是一直保持这个样子的，这一点你们已经知道了……就现在了，卢卡斯，直传，射门……唉哟……可问题是，每一样都是从哪儿来的！姑娘们、蒂姆，现在轮到你们被问啦，动起你们的脑袋瓜来，就像我们在动脚一样。"

啊哈，现在变成这个样子了？他们开开心心地踢着那个根本不存在的足球，而我们得坐在这里思考问题？

思考，我倒是挺喜欢的，不过最喜欢的当然是跟我的教授一起！

这时，丽莎跳了起来，大喊："伊达，蒂姆，他们能的，咱们能做得更好！哈！咱们的头脑和腿脚一起动！我先来！"

话音还没落，她的两腿就在空中蹬来踹去的，好像在举大鼎呢。不过，她的声音听起来已经有些变调：

"咱们来收集一些例子，什么东西是从哪儿来的。水是从水龙头里流出来的，电是从电源里来的。可是，水龙头里的水和电源里的电又是从哪儿来的呢？我把这个问题传给你了，蒂姆！"

蒂姆当然稳坐在长椅上，一步也没挪，让他动脑筋就够他受的了，动腿对他来说可就太难了。

"水是从水管里来的，电也是，不是，我的意思是说，电是从电线里来的。"

"拜托，讲详细点好吗？"丽莎叹了口气，她已经满脸通红了，"水管里的水可能来自地下水或者某个水库，电则是发电厂通过电缆传输而来的。这些人们都可以查到，也都有相关的原理解释。可是，这么一颗橡子到底是哪儿来的呢？伊达，轮到你了！"说完，她就做了个侧手翻。很可惜，我每

次做侧手翻的时候，只能做一半，翻个半圈，真丢人。不过，我的答案倒是让我自己满意多了。

"橡子是从一棵橡树上掉下来的，而那棵橡树老早就在那儿了！"

"是这样的吗？"丽莎相当嘲讽地说了这么一句之后，又来了个完美的侧手翻，不过只翻了一圈。"那我请问，那棵橡树上的橡子又是从哪里来的呢？你可别告诉我，是从另外一棵橡树上掉下来的。咱们现在找的，可是那所谓的最初的第一颗橡子，而不是从任何一棵橡树妈妈身上掉下来的，懂了吗？"

我懂，懂得多小姐。可惜她总是说得在理，这个事实有时候真是让人烦透了，甚至让人不得不动心思，想说些刻薄的话回敬她。

你的头脑和腿脚都灵活得很，丽莎，可是你的妹妹跟莱卡都消失了好几个小时，你倒好像无所谓的。好吧，"几个小时"是有点夸张了，不过当人们刻薄起来的时候，夸张在所难免。

教授停下来不踢了，一边把他光头上的汗擦掉，一边听我们讲话。

丽莎眼冒金星地瞪着我，大喊了一声："西莉娅，莱卡，到这里来，快点！"

那两位当然没有过来，取而代之的是卢卡斯朝着那两个小家伙跑了过去。反正他已没有球伴了。

"看吧！"丽莎相当高傲地说，"我们这会儿可以继续讨论橡树的问题了。"

可是，当我正想说点什么特别让人恼火的酸话来对付她的时候，教授打断了我：

"先停一停吧，姑娘们，别争破头了，你们的小脑袋瓜留着还有用呢。这第一棵橡树的问题，我们注定回答不出来。原因很简单，因为人们根本不知道。

"毫无疑问，有可能是气候的原因，有可能是土壤的成分使然，或是诸如此类的原因。但有一点你们必须了解，在讨论进化，也就是讨论生命起源的时候，关于那个'为什么'，会有许许多多的理论和推测，但没有哪一种可以让我们说：'啊哈，一定是这个样子的，没错。'所以争论结束，还是让我们大家一起来猜测一下吧。都同意吗？那么，现在，你们俩握握手，想想你们是好朋友这件事。"

我看了看丽莎，丽莎看了看我。我们同时摇了摇头。不，教授，这还太早……

"好吧，那就先不这样，"教授叹了口气，把我们都拽到长椅上，"咱们现在坐到蒂姆的身边去。因为如果大山不向先知走来的话，先知就向大山走去。"

这下，不管我们愿不愿意，丽莎和我都忍不住笑出声来。蒂姆，是一座行走的大山，而教授，则是一位戴眼镜的先知。

要是大家一块笑出声来的话，就没办法互相生气喽。

坐在长椅上的蒂姆把他那神圣的背包抱在自己的膝盖上，这样我们每个人都有位子坐了。

"你们从你们的争吵当中发现了什么问题吗，伊达、丽莎？"教授问我们的时候把双臂伸出，同时搂住了我们两个人的肩膀，没偏向任何一个。

"或许还没有，那也没关系。不过，在讨论生物的时候，橡子就属于生物，我们要注意，这里涉及不同世代的问题。'不同世代'这个词很关键，可以解释清楚很多事情。橡子从橡树上掉下来，长大，新的橡树就此产生。从这棵新的树上又掉下来一颗橡子，好吧，肯定掉下来很多，不过不是每一颗橡子都有机会生长。说不定某一颗就掉进了小狗堆里，其实我现在这么说，只不过想让你们像刚才那样再甜甜地笑一次罢了。幸运的橡子才会长大。这就产生了不同的后代。上一代传下来一些东西，使得新的一代能够继承。这就是自然界在发生的事。就这么简单，却也这么让人着迷！"

是啊，就是这样的，每一株植物都有一些它们可以传下去的东西，而它们也一直都在这样往下传。然后有一天它们变老甚至死掉了之后，新的植物已经长出来了，外表上看起来跟原来的一样，只不过会有细微的差别。这难道不好笑吗？我们知道这个，是因为我们能够亲眼看到，几乎每天，可尽管如此，我们一直以来都忽略了这些，这些我们原本就可以知道的事。

这时，蒂姆说话了："我吃樱桃的时候，虽然不常吃，但我会把樱桃核吐得花园里到处都是。这我可在行了。说起来，我其实就是在帮助樱桃树，让它长出新的一代来。因为像我吐得那么远，这个樱桃树可办不到！"

教授冲他眨眨眼，拍了拍他的肚皮，可蒂姆只顾着他的背包。"虽然樱桃树在传宗接代这件事上根本不需要你的帮忙，蒂姆，但我们可以假设，你吐出来的那些核很有可能因此得到了机会。顺便说一句，我也爱往外吐，当然了，我说的是樱桃核。"

"那咱们就一样啦。"蒂姆得意地嘟囔着。不过丽莎对此可不满意。

"咱们能先停止吐来吐去的吗？现在，我们已经讲到了传宗接代，一代又一代。我想说的是，在人们制造、搭建、发明出来的那些东西身上，这一点并不存在。什么东西被做出来，就是被做出来的样子。人们可以在原来的基础上做修改，可那也只不过是重新做出来的而已。"这回轮到她发笑了，"一台洗衣机可不会自己传宗接代，要是真能的话，可就出大新闻了。"

这会儿连蒂姆也笑出声来。"要是洗衣机也会往外吐的话——有时候它确实这么干过——它吐出来的可都是袜子啊内裤啊什么的。要是洗衣机某一天自己往外吐东西，那准是

〈61〉

它出毛病了。那就得找我爸爸来修理，我爸爸会这个。你们不用瞪着眼看我，我还没说完呢。要是它真的开始往外吐东西了，我说的是洗衣机，那它吐的也得是洗衣机种子才行，只有这样才会长出新的小洗衣机来。"蒂姆笑到不行，我们也忍不住笑破了肚皮。

那画面也太滑稽了！洗衣机妈妈的身边围着一堆迷你的洗衣机孩子，我猜那些洗衣机宝宝至多能塞下一只袜子！

就连教授也跟着笑起来。他一边笑还一边不得不抓住蒂姆，不然蒂姆就从长椅上掉下去了。

"朋友们，我发现，咱们已经离传宗接代这个主题越来越远了。没关系，咱们重新把话头接上。不过现在，咱们是不是得先跟另外的一些人接上头啊，比如卢卡斯和那两个小东西？我都看不见他们了！"

就在这时，就好像他们提前知道了一样，卢卡斯背着西莉娅跑了过来，莱卡跑在最前面，两只大耳朵上下拍打着。这还没完，我的天啊，跟着跑过来的还有一条陌生的小狗！

"它是莱卡的朋友！"西莉娅无比幸福地大喊，"也是我的！"

"这个小包袱咱们是背定了，我怎么甩也甩不掉它！"卢卡斯喘着粗气地说。他平时可是从来不会气喘吁吁的。

好吧，卢卡斯，你真会给我们找活儿干。莱卡这一条流浪狗就够我们受的了，我是说真的！在这片专门遛狗的草地上，所有小狗都是有主人的。起来吧，找到这条小狗的主人，卢卡斯，去把这件事做了！

不过，卢卡斯并不打算这么做。他坐在那儿喘着粗气，西莉娅的自行车座椅还背在他的身上。

莱卡跟那只陌生的小狗绕着我们汪汪地叫个不停，不出所料，西莉娅也跟着兴奋地大喊。

"我爱这大自然的多种多样，"教授嘟囔了一句，拿起了他的头盔，"可是一定要这么吵吗？"

不过说真的，教授，戴上头盔，让自己什么都听不到，

这可不是眼下能够解决问题的办法。我们又惹上一条狗的麻烦了！你还记得那次去哲学露营的路上，你教会我们的吗？还记得那句重要的充满哲理的话吗？"**我知道什么，我应该做什么，我希望得到什么！**"

小狗找不到它的主人了，我们得帮它。希望我们能帮它找到。如果找不到，教授，那我们就又多了一个新问题……不过就在这时，一个年轻人从草地的另一边朝我们跑来，穿着宽大的 T 恤衫，戴着卷边的帽子，两根手指放在口中吹着口哨，发出刺耳的声音。

说时迟那时快，陌生的小狗和莱卡立马听话地朝他跑过去。现在，又一个不一样的问题出现了。这个我们马上就能看到。他多了一条狗，我们少了一条。我们又喊又叫，他也又喊又叫，只有教授置身事外。他擦了擦眼镜，然后……那个年轻人也来到了我们面前，带着两条狗……然后，他和教授同时大喊起来："您怎么在这儿呀！"

怎么回事，他俩认识？

"约纳斯是我在大学里的学生。"教授边说边跟他握了握手。

"兼职狗保姆，这个大家都看得出来！"约纳斯笑着跟我们每个人都握了握手。

"很高兴我能再一次见到教授的小宝贝们。那一次教授在阶梯教室给你们开私人讲座讲解宇宙的时候（《告诉我，什么

是天和地？》），我旁听了一回，超级棒！这次教授又给你们讲什么呢？"

"讲进化论，"丽莎说，"你听说过进化论吗？"

天啊，这也太无礼了！丽莎，他可是个大学生呢！不过这位大学生倒是立马铿锵有力地念了起来："冥古宙，地球诞生；太古宙，分子变成生物；元古宙，出现最初的软体动物，水母、蠕虫、蜗牛的祖先就是在这个时候诞生的；显生宙，生命大爆炸，植物、动物大规模出现，尤其是哺乳动物。全新世，人类问世。我们目前依然处于全新世。我表现得不错吧？"

可是丽莎露出了相当不屑的表情，说："这我们早就知道，你说的不过是个粗略的地球史导论罢了。"

　　并且，她还在我的耳边对我小声说："他看的书跟我看的是同一本，他知道的也就这么多了。我们了解的可比他多多了！"

　　你这耳语声也太大了，丽莎，他全都听见了。只见约纳斯的眉毛挑得老高，就快碰到他的帽檐了。他转过身去问教授："教授先生，这些小孩都已经能听懂像进化论这么难的知识了吗？"

　　我们的教授拍拍他的肩膀，微笑着说："这个嘛，约纳斯，你可以拿有关进化的各种知识来考一考这些孩子呀。孩子们，我的小宝贝，就像你们刚才说的，你们已经可以讲出个一二三了。我说得对吗，我的孩子们？"

草丛中的阶梯教室

草丛中的阶梯教室是约纳斯的主意。因为他刚好是一名大学生，当他们有想了解的知识的时候，就都蹲坐在阶梯教室里，这对他们来说已经习惯了。他们必须管教授叫"教授先生"，我们可不用。这还挺让人骄傲的。

现在，他也得管我们几个叫"教授先生"了，这一点希望他能搞清楚。因为我们这会儿就是他的教授啊！

眼下，四位"教授先生"爬上了长椅，当然其中两位是"教授小姐"。也是有女教授的嘛。

两名学生正蹲在我们面前的草丛里。学生人数少得有点可怜，我觉得。当然啦，本来还可以有三个加入的。不过，他们正在游乐场那边欢腾着呢，真希望没人看见小狗跑进了

不该去的地方。

不过还好的是，面前的这两名学生无论怎样都不会大喊大叫，也不会发出"汪汪"的声音。这时，在丽莎教授把所有问题都往自己身上揽之前，我已经有了一个问题。

"约纳斯同学，您的狗究竟叫什么名字？"

"尤利，来自一位宇航员的名字，尤里·加加林，教授小姐，"约纳斯乖乖地回答，"如果允许我补充一下的话，他是第一位飞上太空的人。"

"啊哈，约纳斯同学，这名字和莱卡挺搭的。莱卡也曾经飞上过天，不过很可惜，它没能从那次宇宙飞行中幸免于难，您知道这件事吗？"约纳斯同学超级乖巧地点点头，就像个一年级的小学生，我没忍住，扑哧一声笑出来。当教授小姐还真是挺好玩的呢。

可是就在这时，丽莎十分生气地看着我说："这不是我们的主题，教授同事！请不要跑题！"刚说完，她就马上站起来，眼睛里放着光，不过这次可是不一样的光芒："我亲爱的学生们，我向大家致以由衷的问候，并邀请大家与我一同进入进化的过程中漫步一番。"

好吧，这么成熟的开场致辞我是怎么也想不出来的。估计其他人也有些吃惊，这一点我看出来了。然后，丽莎继续用这种语气说下去：

"当我们说起进化的时候，我们指的是一个从无物种居住到有物种居住的发展过程，您了解这个概念吗？"她指向约纳斯。约纳斯挠了挠他的卷边帽，小声说：

"最初，完全没有任何生物居住在我们的地球上，到后来，Flora 和 Fauna 占据了整个地球，Flora 就是拉丁语的'植物'，Fauna 则是'动物'。当然，动物也包括了人类。我是这样来定义'有物种居住'这个概念的。"

丽莎相当高傲地点了点头，我也是这么想的。她边点头边说："不错，这个回答我可以接受。不过您必须知道，这个发展过程延续又延续，延续了数十亿年，我就不用具体的数字来折磨您了……"

因为具体的数字连她自己也不知道。你大可以承认嘛，丽莎！

不过丽莎教授是不会承认这种事的，她只会用她那懂得多小姐的腔调继续念叨下去："但是，更关键的是要知道这个过程，更准确地来说是进化，一直持续到今天，而且还会持续到明天、后天，直到永远。这意味着，进化只有开始，没有结束，您能跟上我的思路吗？"

两个学生都点了点头，约纳斯同学相当严肃，教授同学则躲在手绢后面。他是要打喷嚏还是怎么？

丽莎在长椅上伸展开她的两条胳膊，其中一条碰到了我的肩膀。哦，丽莎，这又是要干吗？

"就让我们从'开始'开始吧。我们神奇的星球荒凉而空

旷，它和其他神奇的星球一起围绕在太阳身边，保持神奇的距离并绕着它旋转。可是，其他那些星球从开始到现在都是荒凉而空旷的，不像我们这个神奇的星球，在它上面，进化的奇迹以一种神奇的方式……"

她没办法说下去了，因为卢卡斯教授推了她一下，小声地抱怨："好吧，我们到这里先告一段落！住嘴吧，丽莎，该伊达了，别忘了还有我们两个呢！"

教授同学躲在手帕后面嘟囔了一句什么，听起来好像是"好极了"，不过也有可能他只是擤了一下鼻涕而已……丽莎一把推了回去，她很生气，不过，与其现在演变成一场教授之间的推搡大战，还不如换我出场。

"很抱歉，丽莎，像你这么成熟地讲述，我可做不到，不过希望我能尽量讲得简短一点，毕竟咱们的学生们还站着呢！

"是这样的，起初地球像一大块厚厚的岩石碎片，然后从某个时候开始，那上面有了水，于是形成了一锅臭烘烘的汤，在这锅汤里，诞生了单细胞生物，或许，永远也不会有人知道这件事为什么会发生。总之，单细胞生物就像是一个个小面团，相遇之后就结合在一起，变成了多细胞生物。多细胞生物越来越多，不过还都是生活在水里。后来，不知道什么时候开始，它们爬到了陆地上，所以说，那会儿应该已经有陆地了……"

约纳斯同学就像上课时那样举起了手："那时候有海底大陆，那些板块相互之间推来挤去的，由此产生了陆地。请原谅我打断了您，教授小姐。请您继续说下去。"

"我很乐意，也很感谢你的帮忙，亲爱的同学。"

我这位亲爱的学生乐得两眼放光。看到了吗？丽莎，做教授得这么来才行！不过，尽管如此，我还是没法继续讲下去，于是，现在我把这个任务传给了教授蒂姆，还有他的背包。

"咱们不能简短地说清楚吗？我站得都已经腿疼啦！干燥的陆地上诞生了多细胞生物，它们长出了骨架、脊柱、肋骨和头，还有脚之类的，为什么呢，因为它们遇到了适合的阳光和气候。另外，那会儿已经有了能够供它们食用的植物，我猜……"

"那些植物长得像今天的大树那么高，最多的是蕨类，巨大的蕨类。"教授说道。他已经忘了自己这会儿其实是个学生，应该什么都不知道。"针叶树也已经有了，就在恐龙生活的那个时代。恐龙可是真正意义上的第一批庞然大物，尤其是跟那些微生物比起来。"

从这时开始，就一发不可收拾了！再也没有什么教授和学生之分。

卢卡斯从长椅上跳下来，兴奋地叽叽喳喳说着：

"我在家有一整套恐龙，你们真应该来我家看看！应有尽有！那些只在地球上生存的恐龙！剑龙、霸王龙，我的最爱！艾伯塔龙、板龙……"

约纳斯立马一蹦老高地说："那个我小时候也有，橡胶做的。还有一头三角龙。可惜我的恐龙尾巴断掉了。"

这下卢卡斯的话匣子可关不上了："但你有过生活在水中的动物吗？比如鱼龙？或者能在天上飞的，像是翼龙。你有翼龙吗？我就有，塑料做的。"

"可惜我妈妈没给我买过那些。"约纳斯耸了耸肩膀。

"那你可是错过了很多的精彩，不过你现在可以弥补啊，超市里就有卖的。"卢卡斯咬着舌头说。这下连教授也变得话多了起来。

"我妈妈也给我买过一个，那是一头角龙，木头做的。很有可能直到现在它还在我们家的什么地方呢。"

卢卡斯和约纳斯互看了一眼，使了个眼色，然后卢卡斯拍拍教授的肩膀说："角龙是生活在陆地上的恐龙，既不在水里游，也不能在天上飞！"

"啊哈！"教授说着拿起了他的烟斗，"我又学到了一点。你们俩肯定还能列出更多的恐龙种类来，以前在地球上生活过的恐龙比刚刚说的要多吧。"

哦别，千万不要！那三位估计能花上好几个小时，就为了把各种恐龙的名字扔到我们的耳朵里。而且，教授，阶梯教室里是不准抽烟的，就算这个教室是一片草地也不行。咱

们现在能继续了吗？这上面还站着没事可干的教授们呢！谁现在先来制止一下这几个恐龙迷？

这个人就是蒂姆，他大声地说："你们这会儿可以停下来了，反正恐龙早就灭绝了，这是人人都知道的事。要是你们在自己家的话，当然可以跟那些橡胶玩具玩，没有问题。

"可是它们已经灭绝了，我指的是真实的恐龙。因为它们遇到了一次灭顶之灾，另一个天体撞上了地球。那是一颗小行星。我知道这个，让你们很吃惊吧？我还知道更多呢。那些没立刻死掉的恐龙，最后不是被冻死就是被饿死了，因为冰川时期开始了。所有的植物都渐渐枯萎了，小动物也是，

我猜。因为，离开了温暖的环境，什么东西也活不了，就这么简单。"

丽莎教授打断了他，她的脚在长椅上一直踢来踢去就没停过，几乎快跟坐在下面的卢卡斯差不多了。

"气候条件是所有动物与植物生长的前提。"

好吧，我必须说，丽莎说起话来真的就像一位真正的成年人教授。啊，说不定她有一天也真的成为一名女教授了呢……不过，她到时候也会像我们的教授一样这么和蔼可亲吗？会的，真有可能，因为她这时抓住了我的手，小声地在我耳边说："上吧，伊达，给他们讲讲，你行的。不过别太

长，不然他们会睡着的。"

谢谢，教授同事，我很乐意！丽莎对我眨眼一笑。

"是这样的，在冰川时期过去以后，气候又渐渐地回暖了。不过这一切经历了特别长、特别长的时间。到底有多长呢？长到我们无法想象。没法想象也没关系，总之，有关动物和植物的一切又都变得稍微正常了。举个例子，像恐龙时代的蕨类植物，那种长得跟大树一样高的蕨类植物几乎不存在了，它们慢慢地，长得越来越像我们今天看到的样子。高一点的植物，矮一点的植物，大一点的动物，小一点的动物。不过，就像刚刚说过的那样，这个过程超级漫长。那时候人类也还没有出现，我们反正怎么算都应该是最后一批新物种。不，也不对，到今天还在出现新的物种，可比我们更新的人类已经没有了。目前为止没有。不过，进化的事，谁都说不准。"

可是我觉得，进化的速度也太慢悠悠了。就不能快一点吗？

丽莎同事耸了耸肩，蒂姆同事咕哝了一句什么"得问问我爸爸"，卢卡斯在草丛里，没有其他同事了，我只好轻轻地推了一下教授。

早就不再是学生的教授高高地把手举了起来，我们都已经知道他要喊什么了，肯定是那句"我也不知道"。果然，这几个字被他从口中丢出来后，他又深深地叹了口气。

"进化的演变过程对我来说是个谜，也是个值得惊叹的奇迹。我们对它了解了一些，可我们了解全部吗？说到底，我们有一天能够掌握发生在地球上、太空里、宇宙中的所有事情的真相吗？你们怎么想呢，我长椅上的教授们？"

呐，既然他都这么问了，那么答案肯定就是"不"呗。不过，我们并不需要了解全部，反正在没有我们的情况下，一切就这么发生了，我指的是那个发展的过程，也就是进化本身。是的，我是这么认为的。丽莎却不这么想，她当然不这么想了。

"可是，了解一些也是很有意思的事啊！"她说。这时的她又变回了我们熟悉的那个丽莎，那么单纯、只是什么都想知道的丽莎。

"比如我们知道，植物的生长是按部就班的，它们总是长成自己所属的那个种类的样子。动物也一样。不过，尽管如此，每个动植物个体之间又总是有那么一点不一样的地方。这个我们都能看出来。这就值得我们发问了，为什么会这样呢！没错，我就是这样问自己的，教授。在这个问题上，人们或许可以推测，进化其实只是在做游戏。就像西莉娅一样，她一直在玩耍，总是玩那些同样的东西，但每次的玩法不那么完全相同。"

天啊，丽莎，这样的你让我更喜欢了。真的，我相当喜欢现在这个作为朋友而不是作为教授的你，那个"教授"我

们可以把她忘掉啦!

约纳斯发言了:"请允许我说两句,她的这个思路颇有可取之处,你也这么觉得吗,教授?"

那位真正的教授抽了一口他的冷烟斗,不错,他并没有把它点着。他歪着头,深深地吸了好长一会儿,然后,他大笑着对约纳斯说:

"你现在终于明白,我为什么这么喜欢跟孩子们,就像你说的那样,混在一起了吧?从他们那里,你可以毫不费力地就听到我们这帮老人,对不起,我指我自己,需要花费很大力气才能得到的答案。他们的新鲜念头总是就这么即兴地蹦了出来。孩子们,我爱你们!而在这一刻,我尤其爱你,丽莎!"

几乎可以肯定的是,丽莎的脸红了。同样可以肯定的是,那帮男孩相互尴尬地使着眼色。我有没有嫉妒呢,这倒是有点说不清楚……

"现在从长椅上下来吧,你们几个聪明的小脑袋瓜!"教授冲我们喊,"进化很有可能就是在玩耍!我们把丽莎的这个有趣的想法先装起来,留到以后再说。或者,现在还有人想要发言吗?"

"是的,还有,教授。"丽莎站在长椅上没动,你也看到了,她的两颊还红红的,眼里放出光来。

"我们现在知道了,进化让一大堆物种得以生长,物种的数目多到我们数也数不过来。要是有人真想试着去搞个明白，大多数情况下他都会败下阵来。所有的物种都得以生长，是因为遇到了合适的条件，土壤里有充足的养分供植物汲取，而动物们也是同样的道理……"

这时，蒂姆打断了她，我知道为什么。因为一旦跟吃的扯上关系，他就化身成了专家。

"草食动物吃植物，吃草，吃树叶，吃水果之类的。那会儿地球上的植物足够它们填饱肚子。而肉食动物吃肉，这就没那么简单了，肉可没有长在它们的身边，得靠它们自己去捕猎。我的意思是，这肯定要难一点，不过也都成功了。而且，因为进化一直都在持续，所以到今天，它们也都总能成功地找到猎物。有人想来块饼干吗？"

轮到我了。"其实是这样的。虽然进化让许多物种得以生长，但在这同时，也有许多物种已经消失不见了。从恐龙的身上，我们就可以看出这一点。而我认为，我们人类没法知道还有哪些植物或者动物曾经存在过，那是因为，它们突然之间就灭绝了。还有，如果丽莎说的是对的，进化就是一场随意的游戏，那么，进化也有可能犯错。就像我们有时候在玩游戏的时候也会犯规。"

"伊达，我也爱你！"教授大喊，兴奋地敲了一下约纳斯的膝盖，"进化遭受过的失败，我们是无从知晓的。当初诞生过什么呢，或许是植物，或许是动物，反正没有成功地

存活下来，因为它们没法适应那个时候地球所提供的生长条件。没法长大——那就放弃，腾出地方来做新的尝试。这些新的尝试一旦成功了，就会被我们看到，可那些被放弃掉的失败之作，我们是没办法见到的。伊达，我有没有说过这个……"

是的，你说过了，教授，不过你再说一遍我们也很乐意听呢。很可惜他并没有这么做。反而是丽莎推了我一把，是朋友之间的那种小动作，意思是：**不错啊，伊达，现在我可以继续了吗？**

她压根没等我回复"当然可以啊，你来吧"，就已经开口了。

"我们知道，每个物种都会保持自己的物种特征不变，是小雏菊就会一直是小雏菊，而是橡树也会一直是橡树，这也是教授最爱举的例子，小雏菊和橡树。不过重要的是我们知道了，老橡树传递了一些东西下去，使得小橡树能够生长。这种传递我们称作是……呃……"

"允许我帮一下忙吗？"约纳斯走到长椅这儿，在丽莎的耳边讲了一长串话，不过他讲话的声音也太大了，根本不用丽莎再重复一遍，我们就全都听见了。

我们把那个称作"基因序列的代际传递"，也就是指已经生长出来的一代把一切东西传给新生代。而在"基因序列的代际传递"这个短语里，藏着一个词"基因"，整个传

承的过程都由它来负责。这部分反正丽莎也不可能讲得出
来，因为它对我们来说是全新的知识。或者说也不全新？偏
偏这会儿蒂姆要发言。我猜，肯定又跟他爸爸说过的一些话
有关……

　　"所有活的东西身上都有基因，我们也包括在内。而基因

是怎么跑到我们身体里的，反正肯定不是简简单单地从空气中一蹦就蹦进去了，这没有人知道，连我爸爸也不知道。人们也看不见基因，除非在电视上播放的侦探片里。在那种电视剧里，人们会从嫌疑人的舌头上刮下一些东西，然后把它们放到显微镜下或者另一种机器里面观察，之后就能知道，抓到的那个人到底是不是真正的凶手。因为真正的凶手有可能不小心朝尸体上吐过一口痰，而在那口痰中就有凶手的基因。不过要找到这口痰，人们可要花上不少时间了，无论是在电视里，还是在现实世界中。我爸爸是这么说的。"

好吧，又来了，神圣的爸爸又发话了，不过这回的内容倒真是挺有趣的。可教授又躲到他的手帕后面去了。他是在偷笑吗？要是真的，这可不太友好哦！蒂姆确实很认真地听进去了他爸爸说过的话，一字一句地都记住了，况且，他还没说完呢，教授！

"我猜，如果不是我们大家都有基因的话，不用管那些基因长什么样子，关键是它们负责让每个生物种类都乖乖地长成了那个物种该有的样子。要不是这样的话，那西莉娅就会变成一条小狗也说不定，还有，丽莎可能就长成了一株蘑菇呢。"

连想都不用想，这下大家肯定又是一阵爆笑了。这回教授不用手帕遮着自己了，我也跟着他一起大笑起来。卢卡斯则躺到了地上，两条腿在空中蹬个不停，一边蹬还一边尖叫：

"我实际上是一辆自行车！"蒂姆从长椅上跳下来，噼里啪啦地朝卢卡斯的肚子上一顿乱捶，嘴里还咕哝着："自行车又没有基因，你这个笨蛋！"约纳斯把两只手高高地伸向天空："真希望我能有当教授的基因！"

只有丽莎仍旧站在长椅上，蘑菇又不会笑……不不不，这会儿说这话是不公平，不过只是开个玩笑罢了。丽莎，你也笑一笑嘛！难道你现在觉得自己被冒犯了吗？

没有，她并没这么想，这个我能感觉到，她只是认为我们都太幼稚了。那好吧，有可能她是对的。而且，眼下大家真的该把嘴都闭上了，因为丽莎有话要说呢。

"正因为我没有长成一株蘑菇，这你们都看得出来，而西莉娅也没变成小狗——这个有时候我还真拿不准她到底是不是呢，不管怎样，我从这个事实里得出一个结论，那就是每个物种都有自己专属的基因，而且这个基因独特到在别的物种那里都没有。

"所以，现在我们也已经很具体地了解了，为什么从一只蝙蝠的身上长不出一棵杉树来，为什么小雏菊结出的果实不是长颈鹿。因为，它们各自的基因完全不一样，所以，没有的基因就是没有。也因为这样，生物的世世代代才不会变成别的物种，并顺利地把特有的基因传了下去，我认为这种机制相当理性！我还发现了一个问题，那就是，关于基因这个事，教授本该早点告诉我们的。"

　　我们所有人都看向教授，哦，这下他可是挨了当头一棒。丽莎的胆子真够大的！而且，要是这下他觉得自己被冒犯了，我们该做些什么才好呢？

　　不过他一点都没往那里想！他挠了挠自己的胡子，擦了擦眼镜，冲我们眨了一下眼睛。"Mea culpa, mea maxima culpa，朋友们，对你们的老教授宽容点吧。"

　　哈哈，教授，我们可是对你尊敬得很呢，不过，请问，那句话的意思是……

　　"请允许我来翻译一下，"现在换约纳斯开始挠了，不过他挠的是自己的膝盖，"那几个词是拉丁语，意思是'我的错，我大错特错'。拉丁语你们以后才会学到，不过像你们这样超级聪明的小孩，上了文理中学之后学拉丁语肯定一点问题都没有。"

　　丽莎十分骄傲地微笑了一下，那当然了，因为上文理中学对她来说本来就是理所当然的事。不过我们几个可没有骄傲地笑。能上文理中学固然是好事，但不去上也没什么大不了的。我们的爸妈是这么说的。

　　"不过请允许我再多说两句。"这会儿，约纳斯又开始挠他的帽檐了，"我注意到一件事，那就是在'基因序列的代际传递'这个短语中，除了'基因'和'序列'这两个关键词之外，还隐藏一个很重要信息。那就是理性，无论是基因还是序列都是理性存在的……抱歉，只是因为刚刚丽莎提到了理性，我才往这方面想的……"

那么，这时，是谁用闪着光的眼睛打断了他呢？没错，正是我们的丽莎："基因跟着理性走！"

约纳斯使了个眼色，跳了起来，丽莎也跟着一跳。约纳斯大喊："丽莎，跟我击掌。"话音一落，约纳斯的手和丽莎的手就拍在了一起。什么呀，先是拉丁语，这会儿又来讨论什么理性？我们其他人到底能不能插上话呀？约纳斯和丽莎看着对方，眼睛里闪烁着兴奋的光芒，教授嘟囔了一句，好像是："这小子把孩子们从我这儿偷走了。"可能因为他这会儿也觉得自己像个局外人吧，跟我们几个的感觉一样。

不过没多久，他就不得不又笑了出来，而且我能察觉到，他的笑是因为真心高兴。他很高兴，他的学生约纳斯已经搞懂了，他的孩子们可以思考，哪怕是有难度的话题，或者说，正是因为有难度，他的孩子们才乐意思考。这一点我们已经证明了，那好吧，尤其是丽莎，就是这样的。

"我的心肝小宝贝们，"教授一边喊，一边拿起他的骑士头盔，"让我们继续上路吧！蹬起你们的自行车，关于进化，我们还没下结论呢。还有，谁现在去把那两条四条腿的和一位两条腿的带回来？如果我没看错的话，他们已经把游乐场那边搞得一团糟了。趁咱们惹上大麻烦之前，还是先走为妙吧。有多快走多快才好呢。小狗们在沙箱里……更

正一下，怪我没看好它们，我的错！可是你们也一样没有看好啊！"

是的，没错，教授，不过一句"我的错"这会儿什么忙都帮不上，还不如约纳斯的一声口哨呢，至少尤利听到之后已经立马跑过来了。而有尤利在的地方，一定就有莱卡；莱卡到哪儿，西莉娅也就到了哪儿。莱卡和西莉娅被迅速安置到了教授的自行车上，这下他俩哪儿都去不了了。尤利和约纳斯没骑自行车来，于是他们跑在我们的队伍最前面。可大家这是要去哪儿呢，我们谁都不知道。只有约纳斯知道，尤利肯定也知道。

诞生新想法的游乐场

那么，现在，自行车之旅的终点站到底在哪里呢？游乐场！一个小小的游乐场，一个有旋转木马、长滑梯、碰碰车和香肠小屋的地方。不过眼下，游乐场里一个人都没有，因为整个游乐场都关了，所有的项目都在歇业。我们到那边能干吗呢？连进都进不去吧。哈，我们还真就进去了！因为那边有个人看守这间歇业的游乐场，约纳斯跟他闲聊了一会儿。那个人也是个年轻人，跟约纳斯的年纪差不多。他俩互相拍着对方的背，一看就是认识的。肯定是在大学里相识的。没过多久，我们就把自行车一辆接一辆地推进了被打开的栅栏门，进入了那个五光十色、应有尽有的世界。有些大学生除了学习之外还要做些其他工作，这多好啊，比如有人帮忙遛

狗，有人给游乐场看大门。

我们把自行车往边上一扔，立马撒欢地跑了起来，一个只为我们开业的游乐场，除了我们再没有别人，这也太酷了吧！

卢卡斯以迅雷不及掩耳的速度爬上了长滑梯，丽莎终于想起来她还有个妹妹，于是她把妹妹放在旋转木马中的一辆彩色马车里，自己则坐到了前一辆的白色小马上。

这会儿，丽莎教授又变回了一个小孩。没错，就连我们的教授和约纳斯也一样！他俩还像模像样地蹲在根本没法开动的小车里，光用嘴里发出幼稚的"轰轰"和"突突"来假装在玩碰碰车，边玩边自己笑个半死！

只有蒂姆和我还站在一旁。蒂姆站在关了门的香肠小屋门口。唉，蒂姆，哪怕你去玩那个长滑梯呢，你的爸爸都有可能更高兴一点……而我自己还没想清楚，我到底是要去玩旋转木马里的那个银色肚子的天鹅呢，还是应该留下来，看着这两条小狗？它俩也在这儿呢，尤利的舌头长长地耷拉在嘴巴外面。要是我像它一样慢跑，哦不，快跑了这么长的一段路，我肯定也得把舌头伸出来耷拉着了。不过，正当我想好好照顾它一下，比如摸摸它的头什么的时候，西莉娅坐在马车里突然怒气冲天地大喊了起来："驾，驾，小马驹跑起来！"可是这里除了莱卡和尤利，哪个动物都跑不起来呀。现在两条小狗也跑来了旋转木马这边，把自己硬塞进西莉娅的马车里，现在她那里可挤了。

蒂姆，到这边来，忘掉那个香肠小屋吧。你看见了吗？西莉娅因为生气而大喊了一声，莱卡和尤利马上就明白了西莉娅在生气，因此想去安慰她。小狗是多聪明的动物啊，你不觉得吗？

蒂姆倒是过来了，不过显得很不乐意的样子，边走还边摇头。什么呀，为什么呢？

"不，伊达，你想错了，"他嘟哝着，把背包摘下来放在地上，"我爸爸是对的，我也是。我爸爸说，动物不像我们，它们并没有智慧，只有直觉。这种直觉是通过遗传进入它们的身体里的，也就是基因，你现在应该已经了解了。这不是他说的，是我说的。而那个直觉能够使动物们十分准确地知道，它们该做什么、不该做什么才能生存下来。不过，也有那么一些种类的动物，比如蚯蚓并不包括在这其中，它们是有学习能力的。即使这样，它们的学习能力也十分有限。这是我爸爸说的。数学什么的，它们就肯定学不明白。我猜，因为莱卡和尤利是跟人类一起生活的，所以它们能够学习到一些人类的东西。至少一些。所以，当西莉娅这么尖声地大叫时，尤利和莱卡肯定认为发生什么事情了，而且它们特别爱护西莉娅，所以当然要去保护她了。这就是直觉告诉它们的。

"那么，咱俩现在可以去旋转木马那边了吗？如果去的

话，那两个坐碰碰车的也得跟着，不然就没人跟我们讨论问题了。"

我们的蒂姆啊！他经常说啊说的说半天，没一句有用的，然后突然来这么一下，说的话句句切中要点。可这些话有的人就错过了，好吧，丽莎没有，她聚精会神地听着呢，就坐在自己的白马上。同时，她一边听，一边不断地回过头去看看坐在马车里的西莉娅跟两条小狗。这下，她对莱卡和尤利的看法不一样了吗？反正我的看法已经变了，人们不得不再一次惊叹进化的神奇，当然蒂姆也值得惊叹，他也属于进化的一员嘛。

这时，我们那两位碰碰车司机也已经自己走过来了，一副没精打采的样子。也是啊，窝在那种迷你小车里碰来撞去的，有什么意思呢。其实，坐在旋转木马上也没多有趣，现在可好，干脆连转都不转了，歇业了嘛。不过，至少这里的动物色彩缤纷，造型也很逗乐，而且，我们总算是聚到一起了，这就意味着我们可以开始讨论了，就像蒂姆说的那样。他费了半天劲，带着他的背包，爬上了一只乌龟。而我则坐到了天鹅的肚子里，因为在我的前面是一头金色的狮子，动物之王。不过只有童话里这么叫，进化可不管什么王不王的，我猜一定是这样。对于进化来说，所有生命都是平等的。尽管这样，那头狮子还是挺适合教授的，因为这样的话他就坐得离我相当近了……

正当我这么想的时候，他已经坐上去了，他懂我的心思，还朝我使了个眼色。现在，只需要有人吹个口哨，把卢卡斯从他的滑梯上叫下来，人就齐了。这活儿被约纳斯揽下来了，他的口哨吹得才好呢。卢卡斯倒也乖乖地跑过来了，不过转眼就爬到了一头长颈鹿的身上，两条腿还挂在长颈鹿的脖子上晃来荡去——也是，他还能去哪儿呢。这下可好，动物马车都被坐满了，一辆也没留给约纳斯。不过，他倒没为这个烦心。

"我来做收集点子的人可以吗？"他问我们。这个主意不错。

他的工作就是在我们乘坐的动物和马车之间走来走去，谁有什么想法要说，他就记下来传给其他人。不然的话，从动物到动物，我们非得一直高声大吼不可！丽莎已经迫不及待地给他使了个眼色，耳语了几句之后，点子收集者从乌龟旁边跳到狮子面前，大声宣告："现在，我们终于要把白马的想法从口袋里拿出来好好看一遍喽。她的想法是，进化在做游戏。狮子，这个问题是给你的！"

狮子教授挥了挥手："白马的想法很中我的意！请把这个话传给大家。因为事实上，进化的确在不停地尝试新的可能。从前它是这么做的，现在它依然在这样做，未来它还会这样做下去。问题只在于，它是怎么做的！后来咱们讲了进化的条件，也就是基因序列，这样解释之后我们已经搞清楚了这个问题，对吧？我们或许应该满足于这个答案，并进一步高

兴地想，原来进化是有能力做游戏的呢，而且还是在朝各个方向尝试。成功了，那就产生一些美好的生物，说不定还对我们人类有用；失败了，反正我们也不知道它们曾经存在过。失败的那些只是和环境条件之间没有搭配好，所以没被留下来，就算是做游戏，也有失手的时候嘛。它们的下场就是被踢出了局呗。这个大家都知道了，不用往下传了。吼得好，狮子。"

长颈鹿有话要说，约纳斯赶紧走过去，眼神不无担忧地往上看。卢卡斯正在长颈鹿的脖子上来来回回地做着危险动作呢。

"这说的就是在我身上发生的事！我也特别喜欢发明一些新玩意，上周，我发明了一个自带牙刷的剃须刀，这下两件事可以同时完成。这是送给我爸爸的一份超级大礼，因为这样的话他就可以节省时间，不用那么早冲去办公室了。不过，那东西最后压根没法用，气死人了。不但这样，剃须刀还被弄坏了。这就是失败，只是这个失败人们都看得到，好可惜！这个就不用特意往下传了！"

尽管他这么嘱咐，约纳斯还是传了下去。紧接着，白马就对这个有话说了。"我说的话，不用别人传，我的嗓门够大，每天跟西莉娅和莱卡在一起，早就练出来了。是这样的，长颈鹿，你的这件事和进化之间可是有区别的。你在行动之前肯定已经思考过了，你要怎么做。但进化并不进行思考。想想这一点吧，卢卡斯！"

她那懂得多小姐的嗓音确实让人想不听见都难。"可是，卢卡斯确实也抓住了一个重要的差别，白马！那就是，卢卡斯的失手别人看得见，进化的失败却没人能看见。这个狮子刚刚已经清楚地解释过了。

"约纳斯，你可以把这个话传下去，尤其是传给狮子听……"

狮子转过头，对我点点头。"当人们发明一样东西的时候，他们会先做计划。这个计划或许会成功，或许不会。不会的话，卢卡斯的爸爸就得买新剃须刀了。算他倒霉。不过人们，尤其是儿童会好奇，到底有什么新物种是进化在未来会去尝试的，你们不好奇吗？这个问题是提给所有人的，约纳斯！"

约纳斯立马跑到乌龟蒂姆、白马丽莎、长颈鹿卢卡斯的身边，甚至连小小孩和小狗坐的马车那儿他都传到了，只是没有来我的天鹅这里，因为我已经听见啦。

这下大家就七嘴八舌地炸开锅了。

"进化会尝试发明一架梯子，一种可以一直往上伸到月亮的梯子。"这是长颈鹿说的。

"进化会尝试发明一种又厚又胖的植物，是专门给小家伙用的。这种植物可以换尿布，还可以讲童话故事。"这个点子来自白马，不然还能有谁。

话音刚落，马车那边立刻传来一声尖叫："我才不是小家

伙呢，我也不用尿布。丽莎坏，莱卡和尤利就不。它们是我的朋友。"

刚说完，莱卡和尤利立马一边一下地舔了西莉娅的脸颊。西莉娅生气啦，需要保护！这是直觉告诉它们的。或者，它们只不过是听到了自己的名字而已？

"进化会发明一种胖墩墩的毛绒动物，我可以骑在它的身上，让它带我去任何我爸爸不想去的地方。乌龟倒是已经存在了，不过它们对我来说太慢了，壳也太硬。"

那么，进化又会为天鹅肚子里的我发明什么好玩的东西呢？我一时什么都想不出来。"我需要的、我喜欢的，都已经存在这个世界上了。约纳斯，你来说一个吧！这样我就不那么尴尬了！"

约纳斯笑了一下，挠了挠他的帽檐。"进化可以为我发明一样东西，让所有女孩看见我，都会大喊：'哇！'不过那到底是什么意思，我不告诉你们，你们还太小。"

好吧，那就别说了。很有可能他指的是发型，说不定他帽子底下半根毛都没有呢。教授就没头发，可他并不拿这当回事，我们也不觉得这有什么。反正只要他愿意，我们所有人都会朝他大喊："哇，好厉害！"

不过，他现在不想讲讲他对进化的期望吗？不，他并不想讲，他这会儿的感觉跟我一样。看到了吧，我的教授和我同步！

他坐在狮子背上朝下面摆摆手："约纳斯，把大家都集中到我这里来，狮子有重要的事情要吼出来。你们对进化许的愿，都已经被记下来了，如果进化试过了之后发现没办法实现，你们肯定很痛心吧，进化也一样。但是，现在教授，狮子，有一些非常基本的东西要告诉你们，你们得写下来。不过不是写到本子上，而是写进脑袋里！"

根本不用约纳斯来叫我们，我们听到这话立马就聚到了旋转木马的狮子周围，只有西莉娅和小狗没过来，他们还留

在自己的马车里。他们反正早就睡着了。谁让我们滔滔不绝地讲个没完呢，又没有叮叮咚咚的音乐，旋转木马也没有快速地旋转，那他们还能干吗呢，只好闭上眼睛呼噜大睡喽。

尤利的呼噜声我们听得尤其清楚……

现在，狮子可以不受任何打扰，吼出他的观点了。我们就像一个个小丸子围在他的身边。

"就像刚刚说的，我现在讲的会是很根本的东西，这个必须讲，不然的话，我们的思考就会不分方向，到处乱飞。是这样的，进化跟可能性有关，进化提供各种可能的条件。有时候成功了，有时候没成，就进入了死胡同。

"进化，就是在一代又一代的发展过程中，生物经历的变化。是的，没错，就是'变化'！进化跟变化有关，跟生命在生物学历史进程中的发展有关，就是这样的！

"一个种群的生物一定会进行世世代代的繁衍，而那些会在代际间传递的遗传特征，则在繁衍过程中发生着变化，这个变化就可以理解为进化，简单来说就是这样的。"

"吼得好，狮子，"约纳斯一边说一边真的鼓起掌来，"不过，我可以给孩子们解释一下你提到的'一个种群'吗？"

"这个他们自己也能行！"狮子教授嘀咕了一声。

不对哦，狮子！这个约纳斯必须帮忙，别的倒无所谓……他小声耳语可以吗？

"在'种群'这个词里藏着'大众'的意思。"他小声地说。

懂得多小姐立刻抢着说："能被叫作'群'，就意味着有很多。一群蜜蜂就是很多蜜蜂。一群人也就是很多人。一群鸟意味着有很多只鸟。但无论是什么物种，始终都会保持着那个物种的基本特征不变。这一点我们已经知道了。因此，我得出的结论是，每个物种都构成一个……"

偏偏这会儿，最需要掉书袋的时候，她却把那个新词给忘了。很遗憾，我这下非笑出来不可了，虽然这样不够友好。也许，我本来就没有自以为的那样友好？

约纳斯比我友好多了："'种群'，丽莎想说的词是这个，她刚刚把这个词咽下去了。"说完，他拍了拍丽莎的背，哪怕她根本没咽着。是啊，不光从教授的身上，同样，从约纳斯的身上也可以学到一些什么……至少我学到了。

坐在狮子身上的教授对这一切毫不知情。他正在擦着自己的眼镜，而我们都清楚这意味着什么。没错，他这就要开口了。

"不过，要想搞懂这一切，我们就必须了解，什么是可遗传的，什么是特征。什么是种群，刚才丽莎已经很简洁地向我们描绘过了。而什么是世代，我也早就给你们解释过了。

"可是现在，不简单的部分来了，朋友们，让我大声地、

一个字一个字地把它说出来:'进化,是随着时间推移,发生在基因池中的变化!'你们明白这话的意思吗?不,你们没听明白,我从你们脸上的表情就能看出来。约纳斯,你能帮帮我吗?"

"基因池,可不是游泳池。"约纳斯说这话的时候我看出来了,他其实是想逗我们笑,或者也想逗逗教授?可是,这个笑话并没有成功,只有卢卡斯一个人笑了出来,教授甚至翻了个白眼。约纳斯可真没帮上他什么忙,也没帮上我们什么忙。什么忙都帮不上,他再一次不说话了。

"刚刚,我们已经认识了基因,我们所有人都有基因,动植物也都一样。这对你们来说已经不是新知识了。而基因池,指的则是在不同的物种中,基因聚集起来的那部分。有没有想到什么例子?"

例子嘛,还不是说来就来,我们早就轻车熟路了。大家这会儿已经七嘴八舌地说开了。

"一只猫所拥有的基因池跟一只鸟的不同,一只乌龟所拥有的基因池跟一头大象的也不一样,西莉娅所拥有的基因池跟莱卡的更不是一回事……"

"那我呢?"教授一边大喊一边从狮子的身上跳下来,"我看起来像一棵小萝卜吗?"

这回轮到他想逗我们笑了,可惜也没成功。只有我挤出了一点笑来，还是看在我很喜欢他的分儿上……不过，他这会儿已经从旋转木马上跳了下来，在底下绕着大圈跑起来。他现在又要开启一个新的话题了。我们在上面也跟着他一块儿跑，动不动就撞到那些木头动物的身上。我们只是不想错过他的任何讲解罢了。只有卢卡斯直接跳到他身边去了。他会这么干，也不奇怪！

"很显然，大名鼎鼎的基因囊括了全部或者至少大部分我们身上所拥有的特质，正因为如此，基因们发生的改变，是进化中一个相当重要的环节。生物在一代传一代的过程中会发生变化，这种变化就是由于它们的遗传特征发生改变而造成的。这到底是怎么一回事，这种情况是如何发生的，这正是值得人们啧啧称奇的地方。怎么会同一个物种相同又不同呢？在人类和哺乳动物的身上，这一点我们看得很清楚。其实，只要是需要父与母的合作才能被繁殖出来的生物，都会发生这个情况。这个过程我们无须再进一步地仔细考察了，现在有人想笑的话，我完全能容忍，不过别笑得时间太长。我想说的是，在这些物种的身上，其实是遗传特质发生了变化。"

在这一刻，他停了下来，我们在上面的这几个孩子也跟着停住了脚步。他伸出胳膊挥向左边："一半的基因来自母亲一方。"然后又把胳膊甩向右边："另外一半的基因来自

父亲。"

蒂姆的手一松,他的背包重重地砸到了我的脚上,不过我没喊疼,因为他已经吓得瞪大了眼睛。

"那我就是个大杂烩嘛!我既不像我的妈妈,她特别亲切,也不完全像我的爸爸,我爸爸那么棒!好吧,我爸爸厉害的那些部分在我身上的表现不是非常突出,这个我已经发现了。"

不过,约纳斯捡起了他的背包,在他的耳边说:"你可是个相当成功的大杂烩呢,蒂姆,请你相信我说的话。"

蒂姆叹了口气,把背包重新背起来。他更想得到来自他爸爸的全部基因,这个我看得很清楚。唉,蒂姆……

"但是,'大杂烩'这个说法很得我心。我爸爸的基因和我妈妈的基因汇集成了伊达的基因。而当我有朝一日长大成人,也有了我自己的孩子的时候,我确实挺想有个像西莉娅那样的宝宝的,我的孩子也会得到来自我的一部分,和来自爸爸的一部分,只不过我还得先找到他呢。然后,我的孩子就成了一个新的基因大杂烩,他/她看起来和我又有点不一样,就这样,一遍又一遍地重复,一代又一代地传下去。这下我可算知道了,为什么我的鼻子像爷爷,而我的头发丝那么细,跟我妈妈的一模一样,真可惜。不过我的脚是我自己发明的,我妈妈常说:'天啊,伊达，咱们家哪个亲戚的脚也没有你的这么漂亮！'遗憾的是，这么漂亮的脚，我还大多数时候得把它们藏在鞋子里……"

"我想在你们这一连串的想法后面再加点东西。"教授高高地举起他的双手，"有些时候，人们会把这个基因的因果关系拿来当借口。比如，有人会说：'我这么絮叨，我自己也没有办法，因为这点随了我妈。'或者：'我这么贪吃，也只不过是遗传了我爸的好胃口。'蒂姆，你可别往心里去，我这儿说的并不是你的情况，只是一时之间我想不到更好的例子。而我举的这两个例子当然都是在胡扯！人们总是应该也能够为自己的行为负责，对于这一点我深信不疑。咱们想的一样吧？"

当然，教授，咱们的想法是一致的。只有西莉娅跟咱们的不一样。她刚醒，正在上面大声地哭，尖声叫着要找丽莎，一边叫一边还扯着小狗们的耳朵。这会儿，连它们都用狗语哭了起来。或许，我还是更想要生一个安静点的宝宝……丽莎，你倒是做点什么啊！还没等丽莎行动，教授先动了起来。他跳到马车上面，身子挤进两条小狗中间，把西莉娅抱到了自己的膝盖上。

"把嘴闭上，把耳朵打开，西莉娅，我要给你讲件事，保准你会笑出声来。猴子你是见过的，你能相信吗，它们的基

因中有百分之九十是人类也有的，这是很大的一个比例了，对吧？离百分之百，就差一点点了。可是，正是猴子们所没有的那一小部分，造成了我们跟它们之间的巨大差异。它们看起来跟我们像吗？它们的行为举止跟我们一样吗？并没有。而且，我现在要说的更值得大家注意了：人们通过研究发现，香蕉的基因跟我们的基因也有百分之五十是相同的，这可是实打实的一半啊！这时，人们就不得不惊叹于进化的神奇了。你们看，西莉娅长得像香蕉吗？是上面像，还是下面像啊？"

西莉娅放声大笑起来，因为教授把手伸到了她的小卷毛里挠起痒痒来。其实她根本没听懂，只是更喜欢被这样挠痒痒罢了。

正当丽莎想向教授解释，比起基因来，西莉娅更乐意听侏儒怪的故事的时候，她突然晃了一下，还没等她抓住我的天鹅脖子扶稳，我们大家也突然都跟着晃了一下。有什么东西在转，而且是跟着我们在一起转，同时还响起了苏格兰风笛的音乐声……

"旋转木马醒了！"西莉娅两眼放光。是啊，我们也跟着兴奋起来。快爬到动物身上，小伙伴们，咱们跟着这曲子一圈又一圈地转起来吧。

丽莎跟跟跄跄地钻到我的天鹅肚子里来，一边笑一边大喊："人做的就得人来动，自然界的靠自己动！"

太棒了，丽莎，这下我们有歌词了，可以搭配苏格兰风笛的曲子。我们一边喊一边唱，能叫多大声就叫多大声。连教授也算上，可是缺了约纳斯。他去哪儿了呢？他站在后面，跟他看守游乐园的同学在一块，他俩正向我们这边招着手。那好吧，就把他俩当作是我们的人力发动机，只要我们绕圈的时候经过他们身边，就朝他们挥手。我们转得越来越快，叽叽喳喳的吵闹声和嘻嘻哈哈的笑声此起彼伏，不光大自然是美妙的，通过人类的手制造出来的玩意也常带给人这种美

妙的感受……

　　只是莱卡的感受可就不一样了，我们的速度对它来说太快了……哎呀，老天保佑教授的裤子还是干净的吧……

自行车轮办不到的事

　　答案自然是否定的，我们的教授。只是一次外出郊游，谁会在包里装上第二条裤子呢。不过，丽莎带了尿不湿。跟西莉娅在一起，还真是没法预料可能发生什么。这会儿，需要尿不湿的人不是西莉娅，而是教授，他得用它来把莱卡吐出来的脏东西擦掉。擦不掉的残留污渍，还好教授对这也无所谓。大家都跨上了自己的单车，约纳斯仍旧是跟尤利一起慢跑在队伍的最前面。现在，去哪儿呢？

　　"去自然历史博物馆，朋友们！"教授一边高喊，一边脚已经踩下了踏板，"你们都去过那里吗？"

　　没，我们都没去过，我们一直有别的事要忙，不是上学就是玩，都挺占时间的。这和进化干的事也一致吧。

那就去吧，如果他认为有必要的话……我们纷纷骑车跟在教授身后。可是才一会儿，他在前面干吗呢？他的车子东倒西歪的，车上的莱卡和西莉娅也跟着他摇摇晃晃。然后，就在这时候，车子不晃了，直接倒了！车上还有教授和小家伙们呢！快来帮忙啊，那边出事了！大家全都看见了这个状况，把车刹住了，丽莎大喊着跑过去……还好没什么事发生。

教授什么知识都能掌握，就是掌握不好他的自行车。他骂道："真倒霉，这是怎么了？车胎瘪了，还溅了一身泥！下来吧，你们两个小东西，车子不往前了，这里就是终点站！"

嘿，教授，不过是轮胎漏气了而已，可以修嘛！来，动手吧，补胎的工具就在自行车袋里。

可是我立刻想到了，我们的教授也许并不擅长动手干这个呢！他这会儿正忙着翻找，想从什么地方掏出什么工具来。最后，他叹了口气，我笑出了声。此时此刻，他的脑子里一定浮现出了他当初让我们牢牢记住的那句哲学名言：

我知道什么？轮胎爆了！我该做些什么？把它补好！我可以期待什么？卢卡斯来帮我补！

哦，你看吧，教授，想什么来什么。其实我也可以帮你补胎的，只是卢卡斯抢先了一步。

于是，我们的自行车都躺进了草丛里，我们人也是。西莉娅跟莱卡正在争夺一根木棍，而卢卡斯在补胎。

这时教授又叹了一口气，只不过这回是相当心满意足。

"从这件事上你们可以看到，如果要修理一样由人类制造出来的东西，非得专业的人来不可。谢啦，卢卡斯，我欠你一个人情。可自然界的修补，则是以另外的方式进行的。在自然界里，没有什么技术工人，也无法从什么地方掏出什么工具来。所有的修补都是自行完成的，这甚至在我们自己身上就可以看到。西莉娅，乖，到这儿来。"

"有饼干吗？"西莉娅走过来问。

"蒂姆？"教授问。蒂姆把手伸进背包里翻了一阵。

"给你饼干，西莉娅，"教授对她说，"安静一会儿。"他把西莉娅穿着裤子的小腿举起来，"西莉娅有次摔倒了，磕破了膝盖，你们还记得吧，她受了伤，流了血。算不上多严重，对吧？可还是有小伤口的。但是，现在你们还能看到吗？"

"能看到一个疤疤！"西莉娅骄傲地嘟囔着，饼干渣顺着膝盖掉到了教授的身上。

"没有疤了！"教授说着把光秃秃的脑袋上的饼干渣拂掉，"那个小伤口合上了，也不出血了。西莉娅自己把自己修好了。可我的轮胎做不到！那么，为什么西莉娅就成功了？"

"因为老天保佑我快快好！"西莉娅悄声说完这句之后，往自己的膝盖上吐了一口口水。

"我猜测是这样的，因为某一样东西是所有自然界的生物都有，但自行车轮胎没有的。"丽莎边说边把口水擦掉了。

"那东西就是细胞，我的知识之友们！"教授跳了起来，

我们都注意到，他这会儿就要骑到自己的车上，重新上路了。

"是细胞，确切地说，是数量多到无法想象的细胞做的。细胞，是所有生命的基本单位。也可以说，它就是生命的核心。如果想听听具体数字的话，这回倒是值得一听：整个人体由大约五百亿个细胞组成，所有这些都源自最初的那一个单细胞。这难道不疯狂吗？人类能够想象得出来吗？不，想象不出来。然后，细胞跟细胞之间还有那么大的差别！构成肝的细胞与构成皮肤的细胞就截然不同。构成肾的细胞与构成肺的细胞也完全不是一回事。这太疯狂了！"他把双臂甩向空中，他每次边骑车边分享观点的时候都会这么做。

"不过我认为，重要的是生命有适应能力，比如说能够在环境发生变化时调整自己。而最重要的是，这一切都是自动发生的，不需要干预，生命自己就完成了！而这些生物还有改变自己去适应环境的能力，并把这些改变后的新特征传给下一代，使得新一代有更强的生存能力。这不神奇吗？"

太神奇了，教授！简直酷极了。我指的是细胞们。关于改变和适应，我们已经了解，你可以接着讲下去！

他深吸了一口气，擦了擦眼镜，这就意味着还有话没说完。

可我也有话要说呢。动物、植物和我们有很多种能力，真的很多，但偏偏就是无法解释我们为什么有这些能力。进化是一个魔法师，但它并不知道自己会魔法。这个想法我太喜欢了。教授也是吗？不过，他这会儿又重新坐回到自己的思考座驾上了。

"你们必须知道，就连细胞本身也在不断变化。它们必须有规律地更新自己。这就意味着，我们的身体里有了新的细胞。而也正因为如此，听好了，等着大吃一惊吧，人确确实实会每七年完全地更新一次。这也太疯狂了！人在不断地变成新的人，自己却不会有所察觉，因为再怎么变，他也还是原来的那个他。这就够好了，对不对，人们还想怎样呢？"

"我猜，对我爸爸来说还不够，要是我能再瘦一点，他会更开心吧。"蒂姆叹了口气，还真就掰着手指头数了起来，"再有四年，然后他说不定就真能满意我的样子了，我爸爸。"

"唉，蒂姆，我的好孩子，他现在已经很满意了，相信我。"教授微笑着对他说，我的天啊，还在蒂姆的头盔上亲了一下，"胖一点的蒂姆，瘦一点的蒂姆，蒂姆一直都是蒂姆，是我认识的最棒的蒂姆！"

而蒂姆的反应是什么呢？他把红红的脸蛋埋进自己的背包，嘟囔着说："或许是因为你也不认识什么别的蒂姆吧。"

也许是，蒂姆，不过尽管如此，你还是可以为这个高兴一下啊。毕竟，我的头盔还没人亲过呢……

咱们现在是要朝着自然历史博物馆的方向继续前进吗？因为这会儿已经看不见约纳斯和尤利的身影了。他俩知道该去哪儿吗？还是他们已经到了？

可我们的教授还没说完呢，他又擦了一遍自己的眼镜。哪怕没有玻璃镜片的帮助，他的两眼也闪闪发光呢。

"关于细胞，我来总结一下，朋友们。大自然不但可以修好自己，甚至还可以把自己变得更好。这是一个持续改善的过程，在我们身上发生的更新一刻不停。这个过程同样也发生在其他生命体的身上。在细胞那里，总有东西在进进出出：营养的成分被吸收，分解的产物被排掉；进，出，进，出。这个运作过程真是了不起，尤其是它还永不停歇！

"卢卡斯，我的自行车呢，这会儿可以重新运转了吗？"

他朝那边喊了一句之后，对面的人吼了回来："一切完毕！所有的细胞都已经换成了新的，性能还更好呢。但这可不是进化的功劳，而是我的！"说完，他骑上教授的车子，绕着我们蹬了好几圈，一面是展示他的动手能力，另一面也是向我们证明，他把教授的话听进去了。

现在教授的心里更高兴了吧？

教授朝卢卡斯竖起了赞赏的大拇指，然后又把那两名小乘客放到车上安置好。这下他开始喊了："马儿们已经上好鞍子了，朋友们，翻身上马吧。博物馆正在向我们发出召唤！"

我们听到这个，跳上车就往前骑。这一次，我成了骑在最后的那个。因为我的脑子里依然回荡着那个关于"进化是魔法师"的漂亮的比喻。那句话我是不会忘记的。

博物馆的花园

一转眼，全部人都已经集合在自然历史博物馆的门前，包括跑步过来的约纳斯和尤利。约纳斯满身大汗，尤利没怎么出汗。教授推了几下大门，门没开，始终关得紧紧的。教授干这种活儿可不太让人放心，于是卢卡斯也过来帮忙，可怎么摇晃都没法把门打开。

这时，教授突然拍了一下自己的脑门，转过身来问我们："今天星期几啊？"

"星期一！"我们像合唱团一样，齐声大喊。然后，约纳斯小声说："教授先生，请允许我提醒一下，博物馆星期一都是闭馆的。"

"这个我知道，亲爱的约纳斯。"教授回答他，神情相当

生气。是生约纳斯的气，还是生自己把星期一闭馆这事给忘了的气呢？

"教授先生，请容我再多说一句，"约纳斯清了清嗓子，"这里面我已经进去过很多回，或许我可以给孩子们讲讲，那里面到底有什么。"

"来吧，约纳斯，你来扮演博物馆讲解员，容我抽会儿烟斗。"教授又有了好心情，笑着眨了眨眼，"我洗耳恭听。"说着，他就蹲到了博物馆门前宽宽的台阶上，点上了他的烟斗。

约纳斯朝我们大家招招手，把所有人都叫到他的跟前，包括那两条小狗。当然啦，观众人数越多他越高兴嘛。我们听话地走过去，小东西们却没有跟着。他们发现了一个金鱼池。池水深不深啊？希望教授不是彻底地"洗耳恭听"，好歹留点神看着他们呀……

约纳斯深吸了一口气之后，突然换了一副截然不同的嗓音，听起来颇有几分庄严神圣：

"女士们、先生们，欢迎你们来到这里，请跟随着我的脚步，从我们面前的这些玻璃陈列柜中一窥人类历史留下的痕迹。"

他开始在规整的博物馆花园中踱起军人般的步子，我们一边偷笑一边跟在他的后面。

"现在，你们在左手边看到的是被发掘出土的骨架，这些骨架属于早就灭绝了的动物物种，多吸引人啊！而右手边大家看到的，是里面包裹着化石的石头，有植物的化石，也有变成化石的蜗牛，和……对，也是，同样是化石。那边的那些陈列柜里，展示的是弓箭和我们祖先制作并使用过的最原始的手工工具，多有趣啊！然后，在这个陈设柜里，大家看到的是……嗯……"

我们这会儿看到的应该是什么，他给忘了。现在我们再也忍不住笑出声来了。因为，我们压根就什么都没看到，约纳斯，真是对不住！他到现在都没给我们展示过一只实物大小的恐龙呢，那个我们肯定乐意亲眼一见。可怜的约纳斯，他自己也感觉到不对劲了。在走到这条博物馆导览路线尽头的时候，他又回到了教授所在的台阶前。而当他小声说话的时候，也重新变回了自己原本的语调："教授先生，我猜，孩子们一定觉得很无聊。这个主意没我想象中的那么棒。"

教授抽了一口烟斗，耸了耸肩。

"不过还是值得一试的，约纳斯。说不定在你的那些陈列柜玻璃后面，还是有一些东西会引得孩子们发问的呢。"

"这还用说嘛！约纳斯，我们发笑也没有恶意，你已经尽力了。这不，我们眼下就有一个问题，你能不能解释一下，我们人类也会陈列在这样一个玻璃柜子里吗？很久以前的人类长得跟现在的不一样吗？"我说。

约纳斯冲我微笑了一下，挠了挠他的帽檐，再开口的时候，就不是那种庄严的嗓音了。

　　"有没有这么一个玻璃陈列柜，我倒真不记得了，伊达，不过据我所知，我们的祖先是猴子，我们的起源地在非洲。据我所知，人类的骸骨在德国首次被发现是在尼安德特，那个地方……"

　　"在杜塞尔多夫附近，我有个叔叔就住在那儿，他给我看过，"卢卡斯叽叽喳喳地抢着说，"长得特别搞笑，有点像用两条腿直立的猴子。我说的不是我叔叔，而是尼安德特人。我叔叔给我看过一张他们的照片。我当下觉得，幸好咱们现在长得跟那时候不一样了。"

　　卢卡斯，你说的这种尼安德特人的照片谁都看过，每个学校里都挂着呢。

　　"而之所以我们今天的人类会长得跟那时候大不一样，一定跟遗传有关。另外，我猜还跟对环境的适应有关。"就是这样的，我猜得准没错。

　　"伊达，在这一点上，我同意你的猜测！"约纳斯对我说，他早就把自己是博物馆导览员的事给忘到脑后了，"不单是看上去外表不一样，还有内在的特性有了差异。这个你们的教授已经讲过了。如果你们容许我继续讲下去，并保证在我讲话的过程中不会睡着的话，那我就跟你们说。我的猜想是，我们的大脑跟尼安德特人的大脑相比，一定发生了相当巨大的变化。我甚至认为，大脑的容量从那会儿到现在是一直在变大的。不信，你们可以看看尼安德特人的脑袋。"

怎么看啊，约纳斯？卢卡斯又没把那张照片随身带着。不过约纳斯说不需要照片，他找了根木棍，立马在我们脚边的沙地上画了起来。画得还真不赖呢。紧接着，丽莎也蹲下去，跟着画起来。他们画的是一个人头，长得可真像教授的脑袋啊，那么大一颗秃头。教授，这你可得看看，快来啊！

教授笑着过来了，手里也拿着一根木棍。他用木棍画出了一个箭头，从尼安德特人那扁平的猴子脑出发，一直指向他自己。画完他说："从那儿到这儿，是一段非常漫长的路，是史上最长的一段路。可是人们竟然成功地走到了，这一切都要归功于这个。"

他在自己光秃秃的头顶上画了一个圈。这模样还挺可爱的，我觉得。

"一代又一代，人类大脑始终在不断地发展，虽然过程慢之又慢。可是，进化从来都不是瞬间完成的事，它是需要时间慢慢来的，对吗？又没有人在后面催它说，快点啊，磨蹭鬼，上课铃马上就要响了。没有，压根没这回事。"

现在我们每个人的手上都拿了根木棍，大家开始在沙地上作画。画的正是人类历史的发展之路。

卢卡斯画出好多弓箭，约纳斯则画出一只背上插着箭的动物。卢卡斯马上跟着画出一堆火，很合理，猎物要烤过才能吃嘛。我画的是一些植物，还有一个像女人的人形，那会儿当然有女人啦，她负责拨猎物身上的毛。丽莎画了一把刀，

还有一个箭头指向那只动物。这得解释一下了，反正她很爱干这种事。原来是动物的皮被剥了下来，人们可以在冬天披上取暖。很合理。这时候，人类的大脑已经又变大了一些，可以思考问题，得出结论并且学习技能以适应环境了。当环境变冷的时候，人就需要想办法取暖。眼下，我们的画越来越狂野，沙地上的图像已经乱七八糟了。还有一些动物，像是母牛或别的什么，它们拉着一辆像车一样的东西。

"轮子被发明出来了！"约纳斯兴奋地大喊，并且画出了一个巨大的惊叹号，"文明的开端，孩子们！"

然后我们就开始画房屋、街道。卢卡斯——还能有谁——画了一个超级大的足球场，蒂姆在沙子上画出一台巨大的电脑，还正好在教授的光头旁边。好吧，至少他画的不是他爸爸！

我们憋不住都笑了出来，连教授自己也是。"从这儿到那儿之间被省略掉的东西，给任何一个学者都够他研究上大半辈子的，朋友们！我其实很不愿意重复自己说过的话，不过我得再说一遍。这个过程花了好几亿年的时间。"

"直到人类的大脑发展成不光可以适应环境，还有能力发明全新的东西。"约纳斯的脸颊这会儿红得已接近他帽檐的颜色了。就算他现在什么也不说，他整个人都闪烁着光芒！

"孩子们，进化向我们解释了一件事，那就是我们今天看到的和我们今天自己能做的，跟从前的一切都有所不同。是的，甚至是必须有所不同，因为一切都在进化当中，只能向前行进，回头是没有路的！"

约纳斯跳了起来，把他手里的木棍扔到空中，然后往后跳了一大步。小心啊，你的身后可是金鱼池呢！

就在这时，听到了一声——哦不，是两声"扑通"。不过，那不是约纳斯发出的声音，而是莱卡和尤利在金鱼池里来回拍打水面，西莉娅在池子边上尖叫。幸好她没跑进池子里去。她尖叫着说："咱们去捞金鱼吧！"

"西莉娅，过来，马上！"丽莎喊道。约纳斯也跟着喊："尤利，出来，莱卡，出来，马上！"

有用吗？当然没用！丽莎和约纳斯只好跑过去，丽莎把正想也去捞金鱼的西莉娅给抓住了。约纳斯跳进池塘里，池水可够深的！等他从水里出来的时候，已经彻彻底底地湿透

了，一只胳膊底下夹着湿漉漉的莱卡，另一只胳膊底下夹着湿漉漉的尤利。

然而，谁身上都没带能给这可怜的约纳斯擦干水的干毛巾！

小狗们倒不需要，它们抖一抖，就把毛上的水都抖掉了。掉到哪去了呢，当然是我们的身上。

好吧，那现在怎么办呢？

教授皱着眉头叹了口气："我需要担心吗？我可不想明天在阶梯教室迎接一个着凉了的约纳斯。这会儿来杯热乎的饮料会让他，还有我，好受一点，比方说一杯咖啡什么的。"

可这儿没咖啡啊，教授，算你倒霉。虽然在这漂亮的博物馆后花园里摆着桌子、椅子，还有优美的雕像，但是它们可没法为我们提供服务。它们是石头做的。博物馆咖啡店周一也放假。

"那就让我们用跑的方式把自己跑干吧！"约纳斯大喊一声，然后……他这是在干吗啊？他像闪电一样快速地把自己扒光，裤子和 T 恤都被扔到了灌木丛里。"过来，你们两个小汪汪！"说着，半裸的约纳斯就跑了起来，两条小狗跑在他的前面，西莉娅自然而然地跟在了后面，她可一点都没湿啊……

卢卡斯的两条腿动个不停，看起来好像是要跟着一起跑的样子。可是过了一会儿，他还是在原地。原来，他只是为了让脑子也动个不停。有时候，动动脑子对他来说更要。

"我跟你们说个事吧！"卢卡斯咕咕哝哝地趴到一张桌子上，"如果你们留心的话就会发觉，小狗的大脑跟约纳斯的大脑是有差别的。差别在哪儿呢？小狗只是简单地把自己抖干。这是直觉告诉它们的。直觉这个东西嘛，有可能趴在它们的脑袋上，反正肯定没在尾巴上就是了。可约纳斯必须思考才行。他湿了，他想要把自己弄干，穿着湿的衣服肯定办不到，所以他必须把它们脱掉，然后他还必须到太阳底下去奔跑，跑到自己干透为止。你们现在有没有大吃一惊？"

当然啦，卢卡斯，要是你希望的话，我们现在就大吃一惊。不过我们更吃惊的是，对你来说，精彩的思路竟然比足球还重要……

很遗憾，丽莎并没有跟着我们一起吃惊。她又用懂得多小姐的语气开口了，说话的时候还坐得跟蜡烛一样笔直："要想了解起因、后果和解决方法，人们必须经过思考。但动物不需要，进化送给它们一份礼物，那就是直觉。总结起来就是这样，卢卡斯。"

可是，当她说给卢卡斯听的时候，心里其实是想说给教授听呢，这一点我看得一清二楚。而且，她还希望教授能对

她竖起大拇指呢。

但是教授坐在台阶上，晃了晃脑袋："讲得不错，丽莎。可是你不能否认，至少在哺乳动物的身上是可能发展出学习能力的。而且这种学习能力也一定是建立在适应环境的基础之上的，我这么说能够明白吗？"

不是特别明白，不过也不碍事。继续说下去吧，教授。教授于是真的继续说了下去，甚至把他的烟斗都忘记了，不过反正也已经熄灭了。

"莱卡在你们家学到的是，那个家里有一个狗篮子，而且那个篮子属于它。莱卡还学到了，你每天早晨上学前都会带它出去遛遛。这些我都是猜的，丽莎，不过我觉得自己猜得差不多。这只是一个小小的例子，用来说明学习能力大概是什么样的，并且，学习能力是超越直觉的。不过，这些经验都是我们在跟动物打交道的过程中一点点积攒起来的。然后我们就以为，已经懂得了所有跟它们有关的知识。可我们真的懂吗？"

他站起来，伸了个懒腰。蹲了这么久，估计他的腿已经麻痹了，可他的头脑呢，一定还没有。

"如果莱卡和尤利两个互相闻一闻的话，我们一定会立刻想到，啊哈，它们大概是想搞清楚对方是敌是友。这一点听起来蛮有道理的，人们经过仔细观察和研究之后确认了这个猜想。从现在开始，这个结论可以被放进智慧箱里，盖上盖子了。

"不过，也有一种可能是，莱卡跟尤利只想给对方讲个最新的笑话呢！好吧，你们现在一个个的眼睛突然都睁大了，心里肯定在想：'这个老教授，疯了吧！'来，你们看，即便这么想，也不是一点都没道理呢。"

他结结实实地拍了一下脑门，眼镜立马掉了下来。"我能百分之百地确定，我并没疯吗？有什么是我能百分之百确定的吗？我能百分之百地确定，小雏菊根本不在乎我踩在它身上走来走去吗？也许现在你们的脑海中浮现出的念头是，我在这儿提倡大家从今以后遇见小雏菊就要小心翼翼地跳过去，这纯属瞎扯。我在这儿提倡的只不过是，你们得同意你们的老教授，在进化这件事上，在自然界里，在涉及万事万物的存在与变化的时候，没有什么是能百分之百确定的，就算是有如磐石一般稳固、众所周知的知识，都有它发生变化的可能。

"但这会儿可别这么想啊，孩子们！就简单地相信你们的教授吧！"他眨了眨眼睛，"我只不过是想正确一回罢了！"

教授，我们根本没那么想！只不过我们也得先把你的想法变成我们的想法，然后再去思考你说的到底在不

在理。

　　"那就没问题了，"教授笑了一下，扶了扶眼镜，"真不好意思，我这会儿饿了，你们也饿了吗？"

约纳斯带来的东西

蒂姆的背包里还剩下正好五块已经软塌塌的饼干，于是我们就一起分享了。教授根本没注意到，只有他一个人分到了两块。这两块饼干，他两三口就消灭了。真正饿起来的时候，这点分量根本起不到什么作用。所以，教授说得对，没有什么事情是能百分之百肯定的。比如说，蒂姆的背包不管到哪儿都是装得满满的，可偏偏这次没有。从这个例子中我们就可以很清楚地看到，一个经验往往可以带出另外一个新的经验。哪怕前一个经验更符合我们这会儿的期望，我指的是蒂姆的背包里总能掏出吃的来这件事。

所有人现在都满腹心事地蹲在博物馆门前的阶梯上。丽莎和我紧挨着教授，这一点他同样没有注意到。可惜啊……

　　不知为什么，那个小雏菊的想法还一直在我的脑海里打转。也许，我这会儿真应该从它的身上跳过去才好⋯⋯

　　在丽莎的脑子里打转的是另外一个想法，她也想立马把它甩出来，于是，她扯了扯教授的裤腿。

　　"不过教授，确实是这样的，只有我们思考着，人类才能将起因、后果和解决方法符合逻辑地联系在一起，这是我刚刚想说的。而我这话的意思是，只有我们人类才有能力同时想出许多种不同的解决方法。动物则只会想出一种解决办法，就是最容易想到的那种。这样说比较合理。"

　　天啊，丽莎，你的这番话肯定花了很大的力气思考吧，光是那些成熟的用词你就考虑了半天吧。

　　这一点教授也感觉到了，他拍了拍丽莎的肩膀。

　　"说得不错，丽莎宝贝，而且确实听起来挺合理的。只可惜你的这个观点，我没法赞同。我们人类通过耐心观察来认识大自然，然后从中得出一系列的结论。我们总是想要把所有事情都解释清楚，不是吗？可是，究竟这些结论是不是绝对正确呢？丽莎，我再重复一遍我说过的话，在这一点上，我抱有怀疑。"

　　是的，丽莎，我也是。因为，确实存在一些动物，当它们发现自己预先想好的那种解决方法在现实中行不通的时候，它们会尝试其他不同的途径。它们不会轻易就放弃。

　　"我在动物园里就看到过猴子这么干。"卢卡斯也掺和进来，逮住机会显摆一下他都看过些什么。这会儿他还模仿起猴子来，也太像了吧！甚至，他说话也怪腔怪调的，就为了模仿猴子的叫声，一边说还一边像猴子一样上蹿下跳。

"我想吃那边那根香蕉，可它躲在围栏的后面。我伸出胳膊去够，讨厌，我的胳膊不够长。我又试着爬上围栏，或许能从上面跳进去。烦人，上面也被拦住了。我抓着围栏使劲地摇晃，说不定能把它摇开。没开，围栏还好好的，香蕉也一动没动地躺在原地。现在我该怎么做呢？我找来一根木棍，把它从两根围栏中间的空隙伸过去，我就像钓鱼一样，把那根香蕉钓到我的面前了。剥皮，张嘴，开吃。"

"好一出猴戏啊！"教授一边叹气一边把笑出来的眼泪擦掉。

丽莎和我像两个傻瓜一样呵呵地笑着，蒂姆的笑声则可以证明，他实在很享受这场演出呢。卢卡斯，你真是我们认识的最聪明的猴子了！

卢卡斯骄傲地鞠了一躬，嘴里咕哝着："猴子不光在动物园里可以做到这件事，在原始森林里也一样。我说的这件事，就是指找出不同的解决方案。不过，蚯蚓是不是也能做到，我就不清楚了。"

"蚯蚓又不吃香蕉。"蒂姆从牙缝里挤出的这句话让我们再一次哄堂大笑起来，都快把肚皮笑破了，我的天啊！

丽莎第一个把鼻涕擦掉，重新使用她严肃的丽莎腔开

口了。

　　"现在我们可以回到主题了吗？我必须承认，我明白点了，我又不是呆子。只不过是这样的，伊达知道，我总是想知道些什么，最好这些知识我一旦记住就能用一辈子。我只是不希望自己成为个半吊子而已……咱们这下可以继续讨论了吗？"

　　她刚说完，教授就把她结结实实地抱在怀里。丽莎一点都没脸红。

　　"哦，我的好丽莎，我非常理解你，所有的研究学者都会像你这么想。没人愿意当个半吊子。只不过我认为，正是从半吊子的脑子里，才会不断地蹦出一个个既新鲜又好奇的想法来。你懂我在说什么吗，好孩子？"

　　丽莎吞了一口口水，点点头，一动不动。可曾有人这么拥抱过丽莎吗？只有西莉娅才是那个成天都可以享受到被人们抱抱亲亲的小孩。真希望教授的胳膊在她肩膀上停留的时间再长一点……

　　"我来回到主题！"但卢卡斯并不是像平常人那样走回来的，而是蹦蹦跳跳回来的。这场精彩的猴子大戏让他的脚底板还发痒呢。

　　"其实我得说，我们人类根本就是进化失败的证明，是进化彻彻底底走到死胡同的产品。动物和植物有的、会的，我们一样都没有、都不会。所以要是我们当初死光了才更合理。

但事实正好相反，那么又是为什么呢？我知道答案，但还是让蒂姆来说吧。加油，胖子，不然你这里就会开花的。"

蒂姆的头上挨了一下，可他没把这当回事。来自卢卡斯的这种朋友间的敲敲打打，他早就习惯了，又不疼。而且，他也知道，自己该怎么打回去，不是用拳头，而是……用爸爸。这不，他开始了：

"我爸爸也许会说，人类其实是一批残次品。光秃秃的身体，没有皮毛可以抵抗严寒；没有像狮子那样可以咬死斑马的尖牙；也不像斑马可以跑得飞快，躲过狮子的追捕。反正我是跑不了那么快。我爸爸可能还会说，人类的婴儿期太长了，一直都得有人来照顾；可小动物只有短短的一段时间是婴儿状态，很快它就能什么都自己来了，比人类早熟得多。最后，卢卡斯说得对，我爸爸或许还会说，要不是进化赠给了我们大脑，人类准会死翘翘！"

他朝卢卡斯眨了眨眼。我们和卢卡斯都相当清楚，这最后一句根本不是他爸爸说的，而是蒂姆自己加的。他要是不说这句就好了……

丽莎还在教授的怀里，僵硬得跟木棍似的，她小声地说了些什么。她不敢用平常的丽莎式大嗓门说话，是怕那样会从教授的怀抱里掉出来吗？

"为了弥补刚刚提到的这些不足，我们配备了思考的能力。这项能力使我们有可能去寻找或者去发现对我们来说重

要的东西。可惜我没办法把它表述得再简单一点了。"

没关系的，丽莎，反正我们也已经习惯了。

不过，我也有话想说，只是没你的语言那么成熟罢了。我想说的是，我们人类比动物和植物要更好一些，并不是因为我们能找到更多的东西，或者能够干脆自己发明东西。我想，或许我们只不过是更特别一些而已。我的意思是，在我们人类当中，也存在着多样性，看看地球上生活的各种各样的民族就知道了，我们长得跟彼此都不相同。可是，要说像动物界和植物界那么千奇百怪、五花八门，肯定也没有。我说得对吗，教授？

教授站起来，擦了擦他的眼镜。真为你感到难过，丽莎，因为他不得不拿开了双手……

"能容许我也说两句吗？这个讨论很符合我们的主题。我们可以假设一个最基本的理论，那就是，所有的生物都会对它的生存环境做出反应，无论它是人类，还是动物或植物；不管那环境是好的，还是坏的。这种互动持续不断地在发生，在每一天、每一小时、每一秒。"

唉，我们的教授，一些不太常用的词他也不特地解释，他太了解我们了，在他的身边待了这么久，我们早就学会了凡事动脑子。比如"互动"这个词在这里肯定是指每个人类、植物、动物，每时每刻都跟其他人或动物或植物发生关系。这个词嘛，丽莎肯定会把它记下来的。

"我能再说点什么吗？"教授问，他的眼睛在擦得锃亮的镜片后面闪闪发光。

"说实话，你们还需要我吗？渐渐地，我都觉得自己有点多余了。你们会思考，会总结，还会举一反三……"他把两只胳膊抬得老高，"或许我能做的只剩下抱抱你们、亲亲你们啦。你们知道吗？我常说的一句话就是，我们成年人总是容易低估小孩的能力。"

可是你没有啊，教授，你一点都没有！这下我们一拥而上，纷纷扑到教授的面前，拍肩膀的拍肩膀，搂脖子的搂脖子，握手的握手，教授都快喘不过气来了，我们还是不放过他。我们必须让他意识到，他并不多余，我们是在他的帮助之下，才学会了独立思考。

"所有生物都会对它生存的环境做出反应，"教授喘着粗气说道，"蒂姆，求求你了，从我的背上下来好吗？眼下，你对我而言就是一个相当恶劣的生存环境。"

而这时，约纳斯朝我们这亲热的一群人扑过来——哦不，是跑了过来，他的背上还挂着西莉娅。小家伙兴奋得直尖叫："丽莎，快看啊！我有一匹小马驹！"

约纳斯的怀里还抱着两个装得满满的袋子，莱卡和尤利一边用最大的音量汪汪地叫着，一边跑在他的前面，眨眼的工夫，莱卡就已经咬上教授的裤管了。

"约纳斯，老天可算把你给派来了！"教授大喊着从我们

的包围中挣脱出来，又把莱卡从他的裤管上甩掉。

"我错过了什么吗？需要我的帮忙吗？"约纳斯喘着大气地问。

"现在不需要了，"教授说着，指向那两袋东西，"快拿来吧，我们的肚子已经咕咕叫个不停了。亲爱的各位，快上啊，有什么吃什么吧。"

教授这话说得还真是亲切呢。他都没用"亲爱的约纳斯"来称呼他。

我刚刚说了，即便是教授也没法照顾得那么全面，什么事都想得到。约纳斯一方面感到高兴，另一方面觉得自己只穿着短裤呆站在一旁似乎有些多余呢。不过事实上，他一点都不多余。

趁我去帮他把衣服拿过来的空当，其他人已经迫不及待地把袋子扯开了。里面装的有奶酪面包、糖花卷、布丁小蛋糕、黄油面包圈，一个大的保温壶里面是热巧克力，还有一个小的保温壶里面是咖啡。看到这些，大家纷纷发出了"啊"、"哦"和"好吃"的惊叹声。

"他已经给你们讲过达尔文了吗？"约纳斯一边把衣服套上身，一边小声地问我。他的衣服这会儿还是有点没干透。

"没，他没讲啊，约纳斯，他应该给我们讲这个吗？"

"当然应该啊，伊达。"约纳斯说话的时候，他牛仔裤上的水珠还在滴滴答答地往下掉。

"那就快说吧，约纳斯，这一课可以由你来补上嘛。你讲的时候，我来帮你把另外一只裤腿拧干，顺便再往肚子里填一个奶酪面包，我还会给你留一个糖花卷，不过你得讲完才能吃。"边听边嚼还说得过去，边讲边嚼可就没办法啦。

"查尔斯·达尔文，英国生物学家，生于一八〇九年，死于一八八二年，是物竞天择理论的创始人。人们也称他为达尔文主义的创始人，达尔文主义，也就是人们常说的进化

论。"约纳斯一字一顿地说，听起来好像是在照着念一本超级无聊的书一样。

不不不，约纳斯，我们可不是这么讲课的！你没看见吗？只有教授点了点头，其他人都在忙着填饱肚子，谁都没把你的话往耳朵里放。换个方式再来一次吧，约纳斯！你这会儿又不是在学校！

约纳斯吞了一口口水，挠了挠他的帽檐，然后，又重新开始了！

"好吧，孩子们，是这样的：这位老兄发现，地球上所有的生物都是由微小的有机物组成的，也就是说，像一小块一小块积木搭起来的，而不是天生就已经被揉好的面团。接着他又发现，这些微小的有机体是可以发生变化的。这时他就想，这种变化很有可能跟环境有关，生物必须调整自己以适应变化了的环境，不然就会死掉。这个人没少思考这些，然后，谁知道他是发了一笔横财还是光靠自己硬攒，反正就是他有了一笔钱之后，开始到处旅行。这种旅行可是够辛苦的，尤其是在那个时候，这点我可以向你们保证。他倒是没把这份辛苦当回事，心里想的只有观察和研究。在旅行的途中，他来到了一个叫作科隆群岛的地方，那地方具体在哪儿我也不清楚，你们可以去网上查查。他在那里对燕雀进行了观察。那是一种嘴弯弯的小型鸟，它们靠啄食植物来填饱肚子。这很正常对不对？不过他又在另外一个岛上发现了这种燕雀，那里的燕雀同样靠植物维生，可它们的鸟嘴是直挺挺的。尽管如此，啄食植物一点问题也没有。达尔文这时候就有了一个想法，那就是，这种差异的出现关键在于环境。如果环境里并没有生长着需要弯嘴才能啄起来的植物，那么下一代的鸟儿们就会长出直的嘴来。它们是为了适应环境才长出弯弯的嘴的。达尔文是这么猜的，他也猜对了。他立马着手进行其他研究，比对了许多不同种类的动物，无论在哪儿，他观察得到的都是同样的结论。环境发生变化，生物就发生变化。我姑且认为，这在当时可以算是个爆炸性的观点了，前无古人。

"回到家后，他在自己的小书房里把这个观点写了下来，用墨水和羽毛笔，那时候没有电脑。不过，他写完之后也没给谁看，几十年间都没有人知道，很难想象吧。翻山越岭地旅行，到处观察、记录，然后，所有成果塞进抽屉，完毕。他这么做的原因是害怕自己会遭受打击，毕竟在他的那个年代，人们对生物学的理解跟他的新观点截然不同。不过后来，他还是勇敢了一次，把自己的理论公之于众，这对我们后人来说可是件大好事。今天，我们几乎已经人人都像达尔文那么想了。也许不是所有人，但至少咱们几个是，我没猜错吧。"

是的，你没猜错，约纳斯，而且，你讲得也不错，几乎快跟我们的教授一样生动有趣了。你看到了吧？他也向你伸

出了大拇指呢。这下你终于可以享用我手里的糖花卷和咖啡了。教授帮你留了半杯。很可惜，大家在听你讲的时候，把袋子里装得满满的食物吃了个底朝天。糖花卷还是我帮你从他们手中抢下来的呢！

一个有点灰暗的想法

博物馆门前有一张桌子，我们大家都围着坐了一圈，肚子里满满的，脑袋里也满满的。金鱼池里的金鱼又重新获得了安宁，美丽缤纷的花儿们也一样，再也没有人去博物馆花园的花圃里乱踩一通了。小狗们趴在桌子底下，西莉娅坐在教授的大腿上，教授把他的烟斗收起来了。离小孩这么近，还是不要抽烟的好。

不知为什么，博物馆花园里到处都摆设着石刻的人像，这些人像看起来都很美，光滑而洁白，但除了好看之外，它们什么也不会干。

在我们的桌子上，塑料杯、塑料袋和塑料包装纸堆成了小山。

　　"待会儿，这些塑料垃圾我会一起拿到可回收物品处理站去，"约纳斯一边说，一边把它们都收拾了起来，"咱们这儿结束之后，我要带尤利回去找它的女主人，路上就会经过一个回收站。"

　　他看了看表，叹了口气。他叹气的意思肯定是说，马上就得离开这儿了，女主人等着呢。或者，他叹的那口气同时也是在表达"可惜啊，可惜，真可惜"？

　　"可回收物，约纳斯，你这会儿提供了一个非常关键的字眼，"教授一边说，一边从西莉娅的嘴里把一只塑料杯拽出来，"在自然界中，是不存在可回收物集中点的，因为，那里既没有谁收垃圾，也没有谁扔垃圾。大自然会自动地把一切重新加以利用。腐烂的植物变成腐殖质，从这些腐殖质中可以长出新的植物，这就是循环。腐烂，生长，腐烂，生长。不行，西莉娅，别碰那些塑料袋，把手拿开。在大自然里，一切都是自然而然发生的，这就是它的厉害之处。从细胞到大型生物，所有的一切都会在大规模的循环之中得到重新利用。大自然简直就是个疯狂的企业，一个持续生长的公司！不过，这也是有限度的，大自然不会做过分的事，从不！好吧，恐龙除外，在我眼里，它们长得实在有点夸张了。

　　"我希望，大自然在我们的身上也别干过分的事，不然的话，我们就可能面临着消失的危险，我是说，那样的话，人类的灭绝就会来临得比我们预估的快一点呢。"

　　要是这会儿教授能看我们一眼的话，他看到的将是一张张被吓坏了的脸，只不过他并没看向我们。

　　真的有可能会变成这样吗？不知怎么的，环境就发生了变化，我们的身上突然长出三条腿和两个脑袋来，我们会长得比橡树还高大，但与此同时，我们的大脑会萎缩，一直缩到像豌豆那么小，于是我们就把如何思考也给忘了……天啊，教授！

　　"一切皆有可能，不过这种可能性确实不大。"教授回答。这下他终于看向我们了。

　　"我心尖上的朋友们啊，你们不用担心。你们已经知道，进化花了无比漫长的时间，才让这些变化清晰可见。我们大可以把刚刚那个吓人的想法放在一边。用它来做游戏倒是可以的，比如设想一下，三条腿，鼻子长在脑门上，眼睛长在屁股上，异想天开又不犯法。只不过现在不是时候，我的好孩子们。约纳斯，你把垃圾收好了吗？我想活动一下了。再溜达一小圈儿，咱们就该重新骑上老马了，它们嚷嚷着要回马厩了呢！"

　　哎哟，还真是，都这么晚了，我一点都没察觉。每当我们和教授在一块儿的时候，时间都跑得飞快，不像做作业的时候，那会儿时间总是走得慢吞吞的……

　　约纳斯还在收拾，我过去帮了他一把。卢卡斯把西莉娅背到了背上，她的两条小腿已经因为跑得太疯，都累得耷拉

在卢卡斯的背上了，这他马上就能感觉到。丽莎把两条小狗抓起来，溜达一圈就是溜达一圈而已，可不是在草地上疯狂地赛跑哦，小狗们！

只有蒂姆一个人站在那儿，背着他空空如也的背包，看起来像是不太开心的样子。不会是因为我们要在博物馆花园里溜达一圈吧。又花不了他多少时间。

快，蒂姆，有话就说出来吧，我们这就要出发了！

他这时终于深吸了一口气，开了口："如果进化确实会把所有的东西都重新利用，而不是扔到垃圾桶的话，我们人死了之后也会被重新利用吗？"

唉，蒂姆，我现在理解你了，这种想法也会让我闷闷不乐的。

不过，还没等教授开口回答他，约纳斯就快速地喊了起来，情绪还挺高昂："那是自然啦，蒂姆！我们躺在地下的棺材里就会腐烂，或者我们被火葬了，那就会变成骨灰。无论是哪种方式，我们都会成为腐殖质，进而使土地更肥沃，这样我们就成了自然循环的一部分。蠕虫、甲虫、植物都可以通过我们获得养分。蒂姆，我们就算成了尸体，也还是有用处的，这不是很棒吗？"

天啊，约纳斯，这也太……不过，也是我们自找的。真相有时候对孩子们来说太残酷了！这是教授最爱说的一句话。现在，我们不得不接受这个真相。不知怎么搞的，就像是肉团子卡在了嗓子里的感觉。

约纳斯立刻察觉到了这一点，他的话对孩子们来说未免太真实了一点。

"其实我还没说完呢，"他小声地冲我们说，"我真心希望，等我死了之后，从我的身上长出来的是一棵杉树，而且，树上已经挂好了五颜六色的彩球。那就是一棵现成的圣诞树啦，专门送给你们小孩！"

他的两只手一会儿挠挠自己的帽檐，一会儿搓搓塑料袋。

他心里想的是，我们要是现在能因为他这话笑出来就好了，这我早就看明白了。我们还真笑了，至少挤出来那么一点。

不过约纳斯看起来并没有因此而得到安慰。这时，教授参与了进来，他拍了拍约纳斯的肩膀，说："约纳斯先生，现在离您那棵挂满彩球的杉树诞生，还有好长一段时间呢。您是知道的，光是从人类诞生到现在，进化就花了多久的工夫……"

"好几百万年！"我们大喊。

"至少！"教授也跟着大喊，这下我们再也憋不住笑了，约纳斯也笑了。约纳斯的话就从来没有这个效果！之前说到杉树的时候还可能有那么一点意思，可是塑料发光彩球有什么好笑的？

"现在出发吧，玩笑话我们留到以后再讲！"教授一边喊一边迈着大步，沿着金鱼池边的沙地开始走起来。

我们跟在他的后面，其实我们原本还想接着开开玩笑的。或许是因为这样的话，我们就不用继续惦记着约纳斯说的那个真相了。他说得并没有错，我们的确属于自然循环的一部分，可光是想想，就让人觉得灰暗。这时候只有大笑才能帮上忙，笑容是明亮的。跟平常一样走在最前面的教授突然向我们几个小跟班转过头来。

"你们觉得这个主意怎么样，咱们趁现在这个最后的时机，把自己关于进化的思考都扔进一只盛装想法的锅里，再用勺子慢慢搅和里面的思考，然后看一看，都有什么被粘在勺子上了，好吗？"

太好了，教授，就连这只盛装想法的锅我们也已经有了，正是蒂姆那个被我们吃空了的背包，里面能装不少东西呢。我提议，教授，咱们现在都蹲坐下来，围成一圈，每个人轮流把自己的想法塞到背包里，你觉得这样可以吗？反正，博物馆的花园又不大，我们刚说的溜达一圈也快溜达完了。我们早就已经从左到右、从上到下地赞叹过大自然的神奇了。那边有位苍白的女士，是尊石像，我们可以把背包挂在她的脖子上，她肯定不会反对，她也没法反对，她又不喘气，跟进化一点都不沾边。进化指的可是活着的东西的发展和变化。

哈！刚刚这个就是我打算扔到背包里去的想法吗？不不不，这个也太平常了，或者说有点太简单了，至少是太短了。

我们围着雕像的石头基座蹲坐成一圈，约纳斯把背包挂了上去，因为他是这里最高的一个。他眨了眨眼，又把自己的卷边帽子戴到了那位女士的头顶上。

我们现在看到的是什么？约纳斯是个光头！几乎跟我们的教授一样。我怎么没有早点想到呢？

扔进背包的各种想法

教授可以第一个开始扔想法，这毋庸置疑。毕竟那也是他的主意。

"我现在要扔进锅里的，是我认为最重要的一个想法，那就是，进化使得生命体在发展的时候需要不断地适应环境的变化。并且，反过来，这种适应的过程最终也会改变环境。所有的一切都在变化之中，永远！我可以再引用一句我们伟大的先哲、诗人歌德说过的话吗？"

不，他不可以，他的想法已经够多了，都快装不进背包里了。

尽管如此，他还是照着自己的意思来，用一种相当庄严的、只有教授才有的语音语调朗诵出一句："没有什么会停滞

不前。"

那好吧，再塞一塞估计还是能塞进去的，毕竟这句话这么短，还很切合主题。这下好了，教授抓住机会，紧接着又扔了一个想法进去。

"进化看起来像一个独一无二的游戏，总是让人眼花缭乱，背后却暗藏玄机。"

听起来不错，留在里面吧。

这时，卢卡斯也准备往里扔他的想法了。西莉娅不得不从他的背上像溜滑梯一样溜下来。我猜，他一定在偷偷开心吧。

"我认为，地球上越来越吵了。刚开始，只有那些爬行动物，它们并不会开口说话。后来，有了昆虫，还只是嗡嗡的虫鸣。再后来，有了鸟类，叽叽喳喳的鸟叫声到处都听得到了。接着，恐龙出现了，它们走过的地方，都会发出轰隆隆的响声。过了一段时间，它们消失了。

"在它们之后的是哺乳动物，各种吼叫开始此起彼伏。而当人类终于现身的时候，地球才真正变成了一个吵吵闹闹的地方。刚开始可能还没那么大声，因为人数不多，可随着人口越来越多，噪声也就越来越大。而且我觉得，人是世界上最吵的一种动物，看看西莉娅就知道了。然后再加上人类发明出的那些会轰隆隆乱叫的玩意，如飞机、汽车、洗衣机、收音机、电视机这一类的。要是有人把它们汇聚到一起，听它们同时发出声音的话，这人的耳朵准会被震掉。"

卢卡斯，这可是个崭新的想法，我们谁都没往这点上想过呢！现在轮到蒂姆了，他的想法总算是他自己的，没把他爸爸扯进来。

"我想扔到背包里的想法是，地球不仅越来越吵，而且还越来越臭了。想想看，跟从恐龙身体里排泄出来的废物一比，莱卡屁股里拉出的小臭肠根本就跟小熊软糖一样嘛。而这臭味也随着人类的到来而不断加剧。卢卡斯提到的人类的那些发明，不但会制造噪声，还会制造臭味呢。不过我爸爸的电脑倒是没有一点味道。"

看吧，无论怎样，蒂姆就是没办法完全脱离他的爸爸，不过这会儿，我倒也有了个想法可以扔进背包里。那就是，地球在变吵变臭的同时，还变得越来越挤了。新的植物，新的动物，还有许许多多新的人类。我的意思是，要是人口照眼下的速度增长下去的话，那地球可是会变得相当拥挤的。要想帮每个人都留出位置来的话，是需要我们自己想想办法呢，还是让进化做些它的尝试呢？

这时西莉娅尖叫了起来，说真的，她这一叫的内容还挺符合主题：

"地球就是一本热闹的画册。我看过，里面一个字母都没有。可是我认字！"

这个小家伙正使劲地往石头上刻什么呢？"LAIKA"（莱

卡的名字），西莉娅啊，教授那句话怎么说的？"我非亲亲你、抱抱你不可！"

"典型的举一反三。"约纳斯嘟囔了一句。而教授在干吗呢？他正对咯咯笑的西莉娅又亲又抱。看来，我们又一次达成一致，西莉娅这个热闹画册的想法也扔进背包里了。

丽莎扯了扯自己的头发，脸上一副严肃的神情，不过不是因为我们的抱抱亲亲。我猜，她正在把一个重要的丽莎式想法扯出来。只要这个想法会进入背包，那它就一定得完美无缺，丽莎没办法接受不完美的想法。这不，它已经出炉了，完美的想法。而且，它还不短呢，这我们也想到了。

"我的想法现在很重要，西莉娅，别笑了！进化把我们变成了天生具有理性的人类，这是一个奇迹，因为本来是可能变成别的样子的。进化在我们身上做了尝试，而这个尝试成功了。于是我们有能力发明出一切我们需要的东西，来帮助我们生存下去。我的意思是，正因为这样，我们才能在这个地球上活到现在。不过，我还有另外一层意思！另一层意思是，在我们发明出的东西当中，还有很大一部分不是我们在地球上生存所必需的。比如，我就不会让西莉娅看电视，我自己也不看！"

丽莎重新揪起自己的头发来。什么啊，丽莎，你要说的就这些？不不，当然不止，我早该料到的。

"刚刚那只是我举的一个小例子，现在说的则是一个大例子。我的意思是，因为我们比植物和动物更加理性，所以，我们对它们要负起责任来。是的，我知道，你们这会儿不用抗议，我知道植物和动物不需要我们，可是我们需要它们啊！所以说我们有责任，我们的责任就是要把它们保护起来！这下你们听明白我的想法了吧！"

是啊，现在我们明白你想说什么了，丽莎，你的这个想法很好。针对你的这个重要的想法，我还有点想要补充的，等我补充完，这个想法才算真正圆满了。

"我很清楚你指的是什么。有些人并非出于填饱肚子的动机，只是为了好玩，就开枪把一头头大象射死了。有些人说砍就砍掉一排排的大树，只是为了能给足球场腾出空地。抱歉，卢卡斯，我这就闭嘴。因为我自己也发觉，我的声音听起来越来越不确定，我的眼前怎么会突然出现一群接着一群死去的大象呢？"

那只不过是个例子而已啊……

这时，秃头约纳斯冷不防地坐到了我的身旁，一把把我的手抓住。

"伊达，如果允许我这么说的话，我们每个人每天都有需要承担责任的时候。就像进化每天都有机会做不同的尝试一样，它试了，就会有新的生物诞生，再试，再出现新的生命。我们也是如此！问题的关键在于，我们能不能找准时机。反正进化是这么做的。说不定我们也能逮住那些该死的捕猎大

象的人，一人给他们一拳呢？"

眼下这个想法，他是准备扔到背包里，还是只说给我听呢？应该只是说给我听的！

因为，这会儿他正兴高采烈地把两只手举到背包上方，做出一副好像要把什么东西丢进去的样子。

"我的想法是，我们的地球是有尊严的。在'尊严'这个词里，意味着应受到尊重。"

"厉害！"教授微笑着站起来，裤子上粘着小石子，我们的裤子上肯定也有，"我还有最后一个想法，能让我说吗？"

当然，随时欢迎，教授，你想说两个也没问题，这样更好，咱们还能待得再久一点呢。

"进化的脚步从不曾停歇，也将永远不停歇！进化，没有什么能够阻挡它。如果说世界始终在变化的话，那么一切也都在随之变化！不过，现在该合上背包，骑上我们的老马，迈着小碎步往家走了。进化花了无比漫长的时间，未来的它一样有大把的时间可以利用，可是你们的爸爸妈妈这会儿已经在看表了，你们这群优秀的孩子，他们肯定都想坏了！现在把西莉娅和小狗们也集合过来吧！"

我们都跳了起来，只有约纳斯没动。

"我能不能再把背包稍微打开一下？我还有点东西要送给你们，是一首古老的波斯语诗歌。"

他站起来，闭上眼睛，声音变得十分虔诚肃穆：

它在石头中沉睡，

在植物中做梦，

在动物中醒来，

在人类中意识到自己。

我们安静了一会儿。真是一首优美的诗歌，而且还这么简洁。尽管如此，它表达出来的意思，足够人们思考上大半天了。我们回到家的第一件事就是仔细品味它！

教授清了清嗓子，不知怎么，那声音更像是感动的哽咽。

"把这首诗留在你们的脑海里吧，我也会这么做的。以诗歌来结束我们对进化这个主题的探讨，有点意思！现在，我最亲爱的朋友们，到了不得不说再见的时候了，什么事都有到头的时候……"

"唯独进化没有！"我们像合唱团一样齐声喊道，约纳斯也大声地跟着我们一起喊。

"香肠也没有，"蒂姆紧接着嘟囔了一句，"香肠有两个头。"

这下我们所有人都捧着肚子笑了起来，虔诚肃穆的气氛过去了，大家也纷纷骑上车子，一步一步地往家蹬。

没有时间用来难过了，欢快地骑着自行车谁还会难过呢。而且，我们还会再见面的嘛！就在博物馆里见，本来教

授想跟我们一块进去的，今天闭馆反倒成全了我们的下一次约定！而且，在博物馆前的花园里，我们还得再见一面，约纳斯的卷边帽还戴在那位苍白的石像女士头上呢。他把这事给忘了。我可没忘。我是故意让他忘掉的。因为，这样的话，我们就必须再来一趟，而且，还得全员一起，我们、小狗、约纳斯，还有我们的教授。